# 罪な抱擁

愁堂れな

幻冬舎ルチル文庫

CONTENTS ✦目次✦

罪な抱擁

✦イラスト・陸裕千景子



✦カバーデザイン＝小菅ひとみ（CoCo.Design）
✦ブックデザイン＝まるか工房

# 罪な抱擁

# プロローグ

薄暗い室内。まるで下等な獣のような、はあはあという男の息づかいが頭の上で響いている。

ピストン運動はまだ終わる気配がない。男の汗が時折肌に落ちるのが不快で仕方がなく、早く終わらないかな、と心の中で呟《つぶや》くも、実際、『抱く』より『抱かれる』ほうが色んな意味で楽なんだから、と自分を慰める。

『抱く』にはまず自分が勃起しないとはじまらない。欠片《かけら》ほどの劣情も感じない相手に対して自らを文字通り『奮い立たせる』のは至難の業《わざ》だ。

だが『抱かれる』ほうならその心配もない。マグロのように横たわっていても文句を言われることはないし、無反応で終わることも可能といえば可能だ。

サービス精神を発揮するよう言われているので、滅多なことがない限りはちゃんと『感じている』ふりもしてみせる。余程下手《へた》な相手じゃなければ『ふり』だけじゃなく、実際快感を覚えるし、射精だって普通にする。

だがそれはあくまでも身体《からだ》の変化で、心には常に、空《むな》しさが溢《あふ》れているのだ。

今みたいに。

室内には男の息づかいだけじゃなく、己の酷《ひど》く甘えた高い喘《あえ》ぎも響いている。身体と心を切り離す方法を覚えたのはもう随分前のことだ。

必要に迫られれば——精神が崩壊するといった事態から己の身を守るためには、たいていのことができるようになる。どのようにして取得したかを問われたとしても、自分自身にも方法はわからないので答えようがないが、敢《あ》えて言うとすれば『おかしくなるまで追い詰められてみたら？』という台詞《せりふ》だろう。

保身、というよりは自衛。どんなに辛《つら》い目に遭おうとも、守ってくれる人は誰もいない。自分で自分を守る以外に、救われる方法はないのだ。

救われる——？　果たしてこれは『救い』なのか？

『……と……』

そのときふと、聞き覚えが微《かす》かにあるあの人の声が、頭の中で響いた。

優しく呼びかけてくれたその声。慈愛に満ちた微笑《ほほえ》み。差し伸べられた白い腕——。

『……と……』

あの人は——『守ってくれる』人ではなかったのか。

『ごめん……ごめん……ね……』

大粒の涙があの人の瞳からぼろぼろと零《こぼ》れ落ちる。綺麗な顔がくしゃくしゃに歪《ゆが》んでいて、その顔を見たとき初めてあの人を疎ましいと思った。

あの人の美しさを、わがことのように誇らしく思っていたから芽生えた感情だったのだろう。普通ならあそこで泣くのが正しい。

ああ、もしかしたらあれも自衛か。悲しみから逃れるために感情に蓋《ふた》をする。幼いながらもそうして自分を守っていたのかもしれない。

『……と……』

幻の声が頭の中でより高く響く。もういい。疎ましい。その声から逃れるには、と考え――取りあえずは、下等な獣との行為に意識を集中させることにした。

下等――下等なのはさっきからピストン運動を続けているこの男でも、そして勿論《もちろん》『獣』でもない。

下等なのは自分だ。こうして好きでもない男に身を任せ、偽りの快楽に興じている、この身が下等以外のなんだというのだろう。

自嘲したそのとき、ようやく男が中で果てた。精を吐き出しながら間の抜けた声を上げている。

やっと終わった。やれやれ、と溜《た》め息をついていた自分はまた、どうやら身体と心を切り離していたようだ。

今、自身の意識は『心』にある。そして『身体』は今絶頂を迎え、一段と高く啼《な》きながらシーツの上に精を撒《ま》き散らしていた。

終わった。

お疲れ、と自身を労《いたわ》っていた己の耳にまた、名を呼ぶ幻の声が響く。

『……と……』

もう――いいよ。

それこそ疎ましい。幻の声から逃れる術《すべ》は意識を『身体』に戻すことだ。汗だの精液だのに塗《まみ》れ、不快でしかないこの身体に。

そのほうが随分とマシだと思う『自衛』が何に対して働いているのか。答えなどとうの昔にわかっているはずなのに、敢えて気づかぬふりをしている。

それこそが『自衛』。

その自覚を胸に、下卑た笑みを浮かべ再び覆《おお》い被《かぶ》さってきた男の背に両腕を回すと、求められるがままに唇を重ねる。

そのときにはもう『意識』は当然ながら、『身体』から離れていたのだけれど。

# 1

「あ……っ……あぁ……っ……あっあっあっ」

薄暗い室内に、田宮吾郎《たみやごろう》の切羽詰まった喘ぎ声が響き渡る。酷く甘えた、そして高い声を上げているこんなときには、田宮にほとんど意識がないことを、高梨良平《たかなしりょうへい》は経験上よく知っていた。

少しでも正気があれば、羞恥心の強い田宮が、感じるがままに淫《みだ》らな声を上げることはまずない。唇を噛《か》み、堪《こら》えても漏れそうになる愉悦の声を喉《のど》の奥に押し込めようとする。

高梨としては、田宮とともに快楽を極めたい。感じてくれているのならその証《あかし》を見せて、聞かせてほしい。なので田宮が声を抑えようとすればするほど、意地になりなんとか上げさせようとしてしまう。

我ながら大人げがないとは思いながらも、実際乱れに乱れる田宮の声を堪能できていることに至上の喜びを感じていた高梨だったが、喘ぎすぎて呼吸困難になりつつあるのか、田宮の表情が苦しげになってきたことに気づき、調子に乗りすぎたかと反省した。

「待っててな、ごろちゃん」

聞いてはいまいと思いながらも高梨はそう言い、抱え上げていた田宮の脚の片方を下ろして勃《た》ちきり先走りの液を滴らせていた彼の雄を握ると一気に扱《しご》き上げてやった。

「アーッ」

一段と高い声を上げ、田宮が達する。そのまま気を失う彼を案じるあまり、高梨はいきそびれてしまった。

「ごろちゃん、大丈夫か？」

ぐったりとしている田宮の頬《ほお》を軽く叩《たた》き、名を呼ぶ。

「……ん……」

田宮はすぐに意識を取り戻し、薄く目を開くと高梨に向かって、大丈夫、というように頷《うなず》いてみせた。

「水、持ってこよか？」

高梨の心配を退けるように、無理やり微笑み、首を横に振る田宮への愛《いと》しさが募る。

「……あ……」

その思いは、まだ挿入されたままになっていた高梨の雄が、ドクン、と大きく脈打ったことで、田宮にも通じてしまったようだった。

「…………いいよ……」

にっこり、と田宮が微笑み、両手両脚を高梨の背に絡ませてくる。

「無理せんでもええよ」

「無理なんてしてないよ」

大丈夫だから、と尚《なお》も微笑み、高梨の背をきつく抱き締めてくる田宮に対し、高梨はその身を気遣うがゆえに躊躇《ちゅうちょ》したものの、後ろをぎゅっと締めつけられるという積極的な行為に出られては拒絶もできなくなった。

「……ほんま、ええの？」

「ええよ」

嘘くさい関西弁にもまた、劣情を煽《あお》られる。かんにん、と心の中で呟きながら高梨は改めて田宮の両脚を抱え上げると、ゆっくりと突き上げを再開した。

「ん……っ……ん……っ」

田宮の頬に血の気が戻り、唇からは堪えきれない声が漏れ始める。演技などできない田宮であるから、これは彼が感じてくれている証だ。

本当にいとおしい。胸に溢れる抑えきれないほどの恋情を胸に高梨は、できるだけ田宮の身体に負担をかけぬよう心がけつつ、彼にも快楽を与えていることを祈りながら誰より愛しい恋人を突き上げ続けたのだった。

高梨良平と田宮吾郎の出会いは、今から二年ほど前に遡《さかのぼ》る。

犯人の陰謀により殺人事件の最有力容疑者とされていた田宮の疑いを晴らし、危機を救ったのが事件の担当刑事であった高梨で、文字通り『心と身体』に傷を負った田宮を支えたのもまた彼だった。

その事件をきっかけに高梨は田宮と同棲を始め、今や彼の勤務先である警視庁刑事部捜査一課の刑事たちからも『新婚カップル』というお墨付きをもらっている。

以前二人は田宮のアパートで同居していたのだが、諸事情を経て今は高梨の官舎で共に暮らしていた。因《ちな》みに田宮の勤務先は警察とはまるで関係のない専門商社である。

高梨は警視という高い階級ではあるものの、常に現場にいたいという自身の希望により未《いま》だ警視庁内では捜査一課に勤務し、責任者の立場ではなく一刑事として捜査にあたっていた。世相もあるのか凶悪犯罪はあとを絶たず、高梨が田宮の待つ自宅に戻ったのも実に三日ぶりだった。

翌日は久々の休暇だったこともあり、そして抱き合うのが三日ぶりだったということもあり、つい暴走してしまった、と高梨は猛省した結果、翌朝田宮よりも早くに起き出し、出勤する彼のために朝食を用意することにしたのだった。

すべての準備を整えたあと高梨は、そろそろ仕度をしないと間に合わなくなるというタイミングで熟睡している田宮を起こし、朝食の用意ができていることを告げた。

「そんな……よかったのに……」

ごめん、と心の底から申し訳なさそうな顔をし頭を下げる田宮に対し、高梨は、

「謝る必要なんてないよ」

と微笑み、ぽんぽんと田宮の頭を撫《な》でた。

「でも良平、せっかくの休みなのに早起きさせることになっちゃって……」

本当にごめん、と田宮が尚も深く頭を下げる。

「ええて。ごろちゃんが会社行ったら二度寝するさかい」

気にすることあらへん、と高梨は笑ったあと、『会社』という言葉から連想したある人物のことを話題に上らせた。

「そういや富岡《とみおか》君。彼、元気にやっとるんかな？」

富岡のフルネームは富岡雅巳《まさみ》という。田宮とは同じ部の後輩で、つい最近まで田宮は彼にしつこく言い寄られていた。

高梨とも、それは壮絶なバトルを繰り広げていたのだが、最近彼のほうから田宮に『友達』宣言をしてきて、それ以降はぴたりと田宮へのアプローチをやめてしまった。

前はしつこいくらいに――それこそストーカーよろしくつきまとってきたのが、さっぱりなくなり、なんだか変な感じだと数日前に田宮が零《こぼ》していたのを高梨は覚えていたのだった。

「元気……だとは思うんだけど」

答える田宮の歯切れが悪い。

「なんや、やっぱり『友達宣言はナシで』とか、言うてきとるとか？」

冗談めかして問いかけたものの、実際、高梨はそれもアリではないかと思っていた。あれだけ『好き好き』と押してきていた富岡の態度からして、彼がどれほど田宮のことを想っていたかは、高梨にも軽く想像できた。

そんな強い想《おも》いを、果たしてそう簡単に諦《あきら》められるのだろうか。『友達宣言』したものの、やはり田宮を好きだという気持ちを抑えかねているのでは、と考えていた高梨に対し田宮は、

「それはない」

と苦笑し首を横に振った。

「ただ、ちょっと最近、テンションが低いというか……まあ、仕事もバリバリこなしているし、気にしすぎなのかもしれないけど」

上手《うま》く説明できない、というように考え考え、田宮が告げる。心配している様子に、高梨は一瞬、嫉妬《しっと》を覚えたが、富岡は田宮の『友達』じゃないかとそんな自身を密《ひそ》かに諫《いさ》めた。田宮への思いやりから『友達』になろうとしている富岡にも、それを受け入れている田宮に対しても失礼だと反省したのである。

「ところで良平、今日は何か予定あるのか？」

ここで田宮が富岡の話題を切り上げ、高梨に話を振ってきた。

「いや。特になんも」

久々の休日ではあるが、家でのんびりしよう、くらいのことしか考えていなかった高梨はそう答えたあと、

「ごろちゃんは？　夜、早いん？」

と問い返した。

「うん」

田宮が大きく首を縦に振る。その時点で嬉《うれ》しげな顔をしていた田宮だったが、高梨が、

「なら、夜、どっか食べに行こか」

と誘うとますます嬉しげになり、

「うん！」

と大きく頷いた。

本当に可愛い――愛しさが胸に溢れ、田宮を抱き締めたくなる衝動を高梨は必死に抑え込む。

抱き締めなどしたらそれだけで満足ができようはずもなく、すぐにキス、そして次なる行為に進みたくなるに決まっている。

三十も越しているいい歳《とし》であるのに、田宮を前にすると十代の若者のようにがっついてし

まう、と高梨はときに自覚し自嘲《じちょう》する。

それだけ田宮が魅力的であり、そんな彼をそれだけ愛しているということなのだが、にしても分別がなさすぎる。反省しながらも高梨は、そうも自分を夢中にさせている田宮に向かい、輝くような彼の笑みを眩《まぶ》しく思いつつ微笑み返したのだった。


田宮が出社すると、既に富岡は出社しており、田宮に「おはようございます」と声をかけてきた。

「おはよう」

「吾郎、おはよう」

同じ課のアラン・セネットも田宮に明るく挨拶《あいさつ》をする。

アランは米国の大富豪の息子であり、もともと田宮の会社にはなかった『ナショナルスタッフの逆出向』という制度まで作って来日した金髪碧眼《へきがん》の美男子なのだが、その理由は、SNSで見た富岡の写真に一目惚《ひとめぼ》れをした、というとんでもないものだった。

富岡のために社食に彼の好きなメニューを入れる、くらいは可愛いもので、富岡に対して当たりのキツい担当者が取引先にいると、その会社を買収して担当を変更させるなどという常識では考えられないようなとんでもないことを、なんの躊躇もなくやってのけるという、非常識を絵に描いたような男である。

アランのアプローチを富岡は正直持て余しており、見かねた田宮が間に入ってアランに無茶をしないよう説得した、という経緯のおかげで少しはマシになったものの、それでもアランの富岡へのアプローチが完全に止《や》んだわけでもなく、田宮の横でアランは日々、富岡を口説《く》き続けていたのだった。

かつて富岡も田宮を、断られても断られても口説《ど》き続けていたのだが、まるでそれと同じような状況が今や、アランと彼との間でなされている。

富岡は自分が同じ目に遭ってみて初めて、田宮に対する己の振る舞いを悔いたというが、アランは未《ま》だそうした『学習』をしていないがゆえに、反省することもなく富岡を誘い続けており、今もまたその行動を起こしていた。

「話が途中になった。ねえ、雅巳、今日、ランチを一緒にしないかい？」

「断る」

『にべもなく』。または『ぴしゃりと』。それらの表現がぴったりくる口調で富岡は断ったが、アランは負けていなかった。

「外出の予定はないはずだよ。近所に君の好きなタイ料理のレストランがオープンしたんだ。是非行こうじゃないか」

しつこく誘うアランを富岡がじろりと睨《にら》む。

「まさかと思うけど、そのタイ料理屋のオーナーって君じゃないよな?」

「違うさ」

「じゃあ、店舗が入っている建物の所有者?」

「……雅巳は最近、僕の行動を正しく読むね」

アランが苦笑しつつ立ち上がり、富岡の背後に立つ。

「心が通じ合ってきたということかな」

「それはない」

またも『ぴしゃり』もしくは『にべもなく』答えた富岡にアランが「行こうよ」と誘う。

「先約があるから駄目だ」

「先約って誰?」

口から出任せと思ったらしく、アランが相手を追及する。

「同期の西村《にしむら》だよ。さっきメールがきて、了解と返事をしたところだ」

「なら、彼女も一緒にタイ料理屋に行けばいいじゃないか」

アランがなんでもないことのようにそう言い微笑む。

「なんなら僕が彼女の了解を得よう」

「断る」

「いいだろ？　店は貸切にするよ」

「だからいいって」

富岡は断り倒したが、アランの行動力は凄《すご》かった。すぐさま席に戻ったかと思うと卓上電話の受話器を取り上げ電話をかけはじめたのである。

「西村さん？　アランです。今日、雅巳とランチらしいが、よかったら場所を提供するよ。店を貸切にしている。しかも食事は雅巳の好きなタイ料理だ。どう？」

「おい、アラン」

富岡が抗議の声を上げたときには、電話の向こうでは西村が、アランからの申し出を了解してしまっていたようだった。

「店のURLをメールしておく」

それじゃあね、とアランは電話を切ると、富岡へと視線を向け、にっこりと笑った。

「彼女はOKしてくれたよ」

「アランも行くとは今、言ってなかっただろ？」

卑怯《ひきょう》な、と富岡がアランを睨む。

「大丈夫。僕は吾郎と一緒に別のテーブルにいるから」

「えっ？　俺？」

突然名を出され、田宮は驚いてアランを見やった。

「おいアラン、田宮さんに迷惑かけるなよな」

富岡も慌てた表情となり、アランに食ってかかる。

「気にすることはない」

「気にしてないのはお前だけだっ」

こうした光景も最早日常茶飯事になっているので、またか、と周囲の皆も気にしていない。田宮もまた二人を無視し、仕事に入ったのだが、昼休みになるとそうそう無視もしていられなくなった。

「さあ、行こう。雅巳、吾郎」

「マジかよ」

アランが明るく誘ってくるのに、富岡が嫌な顔をする。

「俺もか？」

田宮もまた憂鬱《ゆううつ》になったものの、共に食事をするという西村が店で待っているため富岡も断り切れず、その富岡に頼まれては田宮も断り切ることができず、というわけで三人して会社の近所にあるというタイ料理屋に向かったのだった。

「トミー、なにこの店。すごくない？」

先に到着していた西村里佳子《りかこ》が立ち上がり、三人を迎える。彼女は富岡の同期の事務職で、同期の中でも容姿はナンバーワンと言われていた。

美女であり、かつ、社交性もある。そして事務能力も高いため、今は人事本部長で常務執行役員の秘書を担当している。

かつて『合コンキング』という二つ名のあった富岡の合コン仲間であり、同期内でもかなり親しい間柄の西村とは田宮も面識があったため、彼女は田宮の姿を認めると親しげに声をかけてきた。

「田宮さんじゃないですか。よかったらご一緒しませんか？」

「おい、なんか話があるんじゃなかったのかよ」

うきうきとした表情で田宮を誘う西村を、富岡がじろりと睨む。

「あるある。でも田宮さんにも聞いてもらいたいんだよね」

西村は富岡の睨みなど軽く流すと、今度は視線をアランに向け、にっこり、と微笑んだ。

「アランさん、今日はありがとうございます。こんな素敵なお店をご紹介いただいて」

「？」

その口調がいかにも取ってつけたものであることに違和感を覚え、田宮はつい、西村の顔を見やってしまった。

「どういたしまして。気に入ってくれたようで僕も嬉しいよ」

対するアランも微笑んではいるものの、やはりいかにも取ってつけたようである。

一体どういうことか、と田宮が首を傾《かし》げている間に店員に四人掛けのテーブルに導かれ、そこで西村と富岡、それにアランと田宮は共に食事をすることになった。

既《すで》にアランはコースをオーダーしており、昼から豪華としかいいようのないメニューが次次と出てくる。

「さすがにアルコールは飲めないか」

アランは残念そうにしていたが、他の三人は、当然、と冷たい目を彼に向けつつも、トムヤムクンやら生春巻《なまはるま》きやら春雨《はるさめ》の炒めやらパッタイやらが次々とテーブルに並べられるたびに、美味《おい》しそう、と声を上げ料理すべてを堪能した。

「で？　話って？」

ひとしきり食べ終えたあと、富岡が西村に話題を振り、西村が居住まいを正す。

「実は相談があるのよ。同期の花村由紀恵《はなむらゆきえ》……わかるよね？　彼女のことなんだけど」

「花村？　ああ、お前とつるんでよく合コン行ってる奴だよな。彼女がどうした？」

富岡の問いに西村が「それなんだけどさ」と言ったものの、その後なかなか口を開こうとしない。

「俺ら、遠慮しようか？」

『部外者』がいるから何も言えないのだろう。察した田宮はそう言うと、アランを誘い席を立とうとした。

「あ、違うんです。田宮さんにも聞いてもらったほうがいいので」

慌てた様子で西村が立ち上がり、帰ろうとする田宮を制する。

「俺にも？」

そういえばさっきもそんなことを西村は言っていた。なぜだ、と首を傾げつつも再び田宮が腰を下ろすと、西村も安心したように腰を下ろし、口を開いた。

「花村、最近占いにはまってるんだけど、どうもその占い師が胡散臭《うさんくさ》いのよ」

「占いィ？」

富岡が大きな声を出したあと、やれやれ、というように溜め息をつく。

「そんな馬鹿馬鹿しいことで呼び出したのかよ」

「馬鹿馬鹿しくはないのよ。私だって由紀恵が一人ではまってるんだったら『馬鹿げたことはやめなさい』と説教して終わりにするけど、その占いに由紀恵の一家、全員がはまってるのがわかって、ちょっと手に負えなくなっちゃったの」

「家族全員？」

ようやく富岡は話を聞く気になったらしい。心持ち西村に向かって身を乗り出すと、眉《まゆ》を顰《ひそ》め、何かを思い出そうとする表情となる。

「花村って確か、製薬会社の社長令嬢じゃなかったか？　ウチにも縁故入社だったような……」

「そう。縁故かはともかく、有名なオーナー企業の経営者の娘。社長である彼女の父親もその占い師に傾倒してるっていうんで、ちょっと心配になっちゃったんだよね」

西村は口元を歪めるようにしてそう言うと、詳細を説明し始めた。

「経営上、選択すべきことは全部、その占い師頼みなんだって。そのことは社内でも問題視されているそうなんだけど、オーナー社長の言うことには誰も逆らえずにいるんですって」

「その情報はどこから？」

富岡の問いに西村が答える。

「由紀恵からよ。彼女も最初、父親や母親が占い師べったりなのを心配していたの。でも、彼女自身も占ってもらったら、すっかり傾倒してしまって。疑った自分が馬鹿だった。すべてをその占い師の言うがままにしていれば間違いない。すごく自分のためになるから、里佳子、あなたもみてもらったら？　って勧誘されたのよ」

「その勧誘が迷惑だったってことか？」

相変わらず眉間《みけん》に縦皺《たてじわ》を刻んだまま、富岡が問う。

「違うわよ。だいたい、そんな勧誘、私が断れないわけ、ないじゃない」

わかってない。そう言いたげな西村に富岡が、

「じゃあなんなんだよ」

と問いかける。

「だから、そんな胡散臭い占い師にかかわっていることで、由紀恵や彼女の家族や彼女の父親の会社に何か悪いことが起こるんじゃないかって、それが心配なのよ」

西村の声のトーンは、いつしか高いものになっていた。

「しかし」

ここで部外者であるアランが口を挟んできた。

「その占い師が『本物』である可能性もあるんじゃないかな？」

「占いに本物なんてあるのかしら」

笑顔のアランに、西村が冷ややかに対応する。

「あるよ。僕の父は『本当に当たる』占い師を数名抱えている。彼らの読みは本物だ。それだけに父の会社はあれだけの成長を遂げたわけだし」

「……でも払う金額、ハンパないらしいのよ」

西村の耳にもアランの父親の会社がどれだけの規模を誇るものかということは入っているらしく、切り口を変え、そう返したのだが、対するアランの言葉に彼女は、そして富岡と田宮も絶句することになった。

「僕の父は占い師に年間、百万ドル以上を支払っているよ」

「百万ドルって……」

「一億円以上……？」

富岡と田宮、二人して思わず顔を見合わせる。

「本当に有効な助言への対価としては、そんなに高くないと思うが？」

「……金銭感覚が違いすぎるみたい」

西村は溜め息交じりにそう言うと、アランのことは無視し、富岡を見つめながら話を再開した。

「なんだか心配になったものだから、私も一度、見てもらったのよ」

「君も実は興味があったんじゃないか？」

アランがまた、いらぬ言葉を挟んでくる。

「何を占ったのか、気になるね。好きな人との相性とか？」

「でも……なんというか、本当に胡散臭いのよ」

そんなアランをさくっと無視し、西村は富岡に話しかけ続けた。

「胡散臭い？　何が？」

富岡が問い返す。

「詳《くわ》しすぎるの。過去にこんなことがありましたね、というような内容が。最初から胡散臭いと思ってなかったら多分、凄い！　と感動してたと思う。でも、全部のエピソードを思い返すに、全部が全部、私が由紀恵に話してたり、彼女自身と共有しているものだって気づいたのよ。それに……」

それまでスムーズに話していた西村がここで何か、言いよどむ。

「『それに』？」

富岡の問いに西村は「たいしたことじゃないんだけど」と言いつつ、酷く言いづらそうな顔で言葉を続けた。

「……私、由紀恵に実は、嘘を言ったことがあるの。好きな人のことで」

それを聞き、富岡がぷっと噴き出した。

「好きな人？　お前の？　いるのかよ」

「何が可笑《おか》しいのよ」

西村が語気荒く富岡を諫める。彼女の頬が赤いことに田宮は気づいていたが、さすがにこの場で指摘することはできなかった。

「まあいいよ。で、どんな嘘ついて、それがどうしたのか、教えてくれよ」

笑いを堪えつつ、富岡が尋ねる。

「……だから……」

ますます言いづらそうな顔になりながらも西村が説明を始めた。

「……占い師がまず『あなたは好きな人がいますね』と言ったあと、私が由紀恵に嘘をついた相手そのものの特徴を告げたの。で、思ったのよ。彼女は由紀恵から私に関する情報を引き出したんだって」

「彼女？　占い師は女性なんだ？」

「そう。美人よ。でも……しつこいようだけど胡散臭いのよ」

一人頷く西村に対し、富岡は一言、

「……で？」

と眉を顰めつつ問いかけた。

「『で』？」

西村もまた問い返す。

「僕に何をしろって？」

富岡は本気でわけがわからないようだった。田宮もまた同様に、彼女の意図がわからず、我知らぬうちに眉間に縦皺を寄せてしまっていた。

「だから、相談に乗ってほしいのよ。トミー、あなた、確か、刑事さんの知り合い、いたじゃない。なんだっけ？　あの、クマみたいな……」

「警察に通報してほしいってことか？　なら俺経由じゃなくても……」

「だって何もまだ起こってないんだもの。警察にどう言えって言うのよ」

ごもっとも。田宮はつい頷いてしまったのだが、富岡はどこまでもクールだった。

「俺にどう言えって言うんだ？」

「だから、知り合いのあのクマ刑事に、探ってもらえないかなって……」

「そりゃ無理だろ」

富岡の言葉に西村が「なんでよ！」と反論する。

「なんでって、お前もさっき言ってたけど、まだ何も起こってない上に、当事者でもない、当事者の友人のお前が『胡散臭い』と思ったってだけなんだろ？　まだ当事者からの要請だったらともかく、それで警察に何かを調べてもらうっていうのは……」

「トミー、冷たい！　合コンにもさっぱり参加しなくなったんだから、そのくらい手を貸してくれたっていいでしょ？」

西村がなぜか、酷く感情的になっているような声を出す。

「合コンは関係ないだろ？」

富岡が不可思議そうな顔になったのに、田宮は、もしかして、とある可能性に気づいた。だがそれを指摘するより前に、なんと思わぬ人間が、それこそ予想もできない提案を口にしたのだった。

「なら、僕と吾郎がやろう」

いきなりアランがそう宣言したかと思うと、啞然《あぜん》としている田宮に向かい手を差し伸べてきた。

「お、俺？」

また巻き添えを食わせようとしているのか。つい、抗議の声を上げた田宮に対し、にっこり、と微笑みかけたあとアランは視線を西村へと向け、滔々《とうとう》と喋《しゃべ》り始めた。

「警察関係者に知り合いがいるということなら、吾郎もまたそうだろう？　雅巳よりもずっと深い関係があるといってもいいくらいだ。だから僕と吾郎でやる。どうも雅巳は乗り気ではないようだしね」

アランはそこまで言うと、同じく唖然としていた西村へと再び視線を戻した。

「君としては別に、お友達の……なんだっけ。ああ、花村由紀恵さんか。彼女や彼女の家族に害が及ばないようにすれば、誰が力を貸そうがかまわないはずだろう？」

「……それは……そう、だけど……」

西村が答え、ちらと富岡を見る。富岡は彼女の視線に気づいているのかいないのか、アランを睨み付けていた。

「なら問題ないはずだ。まずはその占い師の名前と連絡先を教えてくれないか？　僕たちで偵察に行くから。ね、吾郎」

「田宮さんを巻き込むなよ」

ようやく口を開く余裕が出てきたのか、ここで富岡がアランを止めようとした。

「だって君は手を貸す気がないんだろう？　それならかわりに僕と吾郎がしようじゃないか、

と言ってるんだよ」

もう口は出さなくてもいい、とアランは実にクールに富岡をいなすと、その様子をなんともいえない複雑な表情で見ていた西村に対し、身を乗り出した。

「さあ、占い師の連絡先を教えてくれ。あとは由紀恵さんの父親の会社だ。早速、吾郎と二人で今夜にでも行ってみよう」

「今夜って……その占い師、なかなか予約が取れないので有名なのよ。今日の今日じゃ、予約できないと思うわ」

西村が呆《あき》れた声を出す。

「もしその占い師が君の言うように胡散臭い人物だったとしたら、僕の予約を受けないはずはないよ」

「……凄い自信ね」

堂々と言い切ったアランを前に、西村がぼそりと言い捨てる。

「…………」

彼女の横では富岡が、西村以上に憮然《ぶぜん》とし黙り込んでいた。

今夜って、俺の都合を聞きもせず、アランは何を言っているんだか。唖然としていた田宮は既に自分が新たな事件に巻き込まれていることに、まったく気づいていなかった。

# 2

その日の終業後、田宮は結局アランに付き添い、西村に紹介された占い師のもとを訪れていた。

田宮は同行を断るつもりだったのだが、ちょうどいい——というのか悪いというのか——タイミングで高梨から、今夜は留守にせざるを得なくなったという連絡が入ったためである。

『かんにん、姉貴に呼び出されてもうた』

というメールが入ったのが夕方四時のこと。高梨には年の離れた二人の姉と兄がおり、二番目の姉の夫が東京勤務になったため、その姉、美緒《みお》に呼び出され、あれこれと雑用をおしつけられることがままあった。

今日もまたそうか、と思っていたところ、五時過ぎにまた、高梨からメールが来た。

『ちょっとすぐには帰れんようになってもうた。戻ったら連絡するさかい。ほんま、かんにん』

そのメールに田宮は、自分も用事が入ったので気にしなくてもいいと返信し、それを本当にするために、いやいやアランの誘いに乗ったのだった。

「しかしよく、予約とれたな」

アランは余裕のようなことを言っていたが、昼食後、西村が寄越したメールを見るにつけ、無理なんじゃないかと思えてきた。

西村のメールには、占い師の名前と、その占い師について触れている個人のＨＰと思《おぼ》しきサイトのURLが載っていた。

そのサイトによると、顧客は企業のトップや芸能人、文化人と幅広い。料金は書かれていなかったが、かなりの高額であることは予想できた。

それだけの高額であるにもかかわらず、予約は半年先まで埋まっているという。それを今日の今日で予約を取るとは、一体どういうツテを使ったのかと田宮はすっかり感心してしまっていた。

「簡単さ。父の名を出した。お抱えの占い師の入れ替えを考えていると。それで視察に僕を寄越したとメールしたのさ」

「それですぐ予約が取れたんだ」

「きっとネットで調べたんだろう。父の会社の規模とか年商とかを」

さらりと言い放つアランの口調は少しも自慢げではない。単に事実を述べているだけ、という様子の彼の横で田宮は、やはり住む世界が違いすぎる、と密かに溜め息を漏らした。

占い師は、新宿の高層マンションの一室で鑑定を行っているとのことだった。名前は星影《ほしかげ》妃香《ひめか》。メディアへの露出はしない主義で、鑑定は紹介制だという。『有名』ということだったが、雑誌やテレビに出ないのであれば、自分が名前を知らなかったのも無理はない。田宮はそう思いながら待合室として案内された、リビングダイニングの様相を呈した部屋でアランと並んで座り順番が来るのを待っていた。

「出てきた」

アランがこそり、と囁《ささや》く。開いたのは廊下の途中にあったドアだった。待合室のドアは全面ガラスがはめ込まれた見通しのいいものだったが、その前についたてが置いてあり、廊下に面した部屋のドアの開閉は見えるものの、前の客の姿は見えない仕様になっていた。

その辺の配慮は当然しているのだなと思っていた田宮だが、不意にアランがぐっと腕を引いてきたため、彼のほうに倒れ込んでしまった。

「おい」

「隙間《すきま》から見えるよ」

耳許《もと》でアランに囁かれ、田宮は反射的についたての方へと目をやった。が、彼の目に映ったのは玄関に向かう白髪頭の長身の男の後ろ姿だけで、誰と判別することはできなかった。

「今のはS電機の会長だ。一部上場企業のトップが顧客というのは本当らしいな」

アランがまた、こそりと囁く。

「見えたのか？」

さすがだ、と田宮が感心したそのとき、ドアが開き、ついたての後ろからスーツ姿の若い女が姿を現した。田宮たちを待合室に案内した綺麗な女性で、一礼したかと思うと、

「アラン・セネット様、どうぞ」

と告げ、再びついたての向こうへと消えた。

「行こう」

アランが微笑み、未だ自身の胸に倒れ込んだままでいた田宮に微笑みかける。

「え？　俺も？」

ここに来るのに付き添うだけかと思っていたのだが、と身体を起こした田宮の腕を摑《つか》んで共に立ち上がるとアランは、大股で部屋を突っ切りついたての向こうのドアへと向かった。田宮も仕方なく彼に従う。

廊下に出ると先ほどの女性が二人を待っており、一礼してから、S電機の会長だとアランが言っていた男が出てきたドアをノックした。

「星影先生、アラン・セネット様です」

「どうぞ、お入りください」

彼女が小さく開いたドアの向こうから、女性の綺麗な声がする。

声質はアルト。柔らかく、耳に優しい声音だった。年齢は若くとも、若くなくともどちらも納得できる声だ。西村曰《いわ》く『胡散臭い』占い師は一体どのような人物なのか。ごくり、と

田宮が唾を飲み込む音が思いの外大きく廊下に響き、いけない、と首を竦《すく》めた。

「緊張している？」

くす、とアランが笑い、田宮の背に腕を添えながら、女性が開いてくれていたドアから中に入る。先に田宮を入れてくれたため、星影妃香の顔を最初に見たのは田宮となったのだが、インパクトあるそのビジュアルには言葉を失いその場に立ち尽くしてしまったのだった。

「僕が入れない」

一歩、踏み出して、と背を促され、はっと我に返る。

「ご、ごめん」

謝罪し、一歩前にでたものの、田宮の視線は星影妃香に釘付けになっていた。

そうも彼が占い師に見入ってしまったのは、彼女が突出した美貌の持ち主だったということもある。が、それ以上に田宮は、彼女から醸し出される雰囲気に圧倒されてしまっていた。

神秘的。一番しっくりくるのはその表現だろう。しかも室内の装飾に助けられてのものではない。そこはテレビ等で見るような、幾層ものヴェールに包まれた薄暗い空間、というわけではなく、本人の服装も『いかにも』な物ではなくてシックな黒のワンピースだった。室内は白を基調としたシンプルな作りで、家具も占い師が座る椅子と机、向かい合わせにクライアントが座る椅子二脚がある程度である。アロマが焚《た》かれているわけでもなく、視覚でも嗅《きゅう》覚《かく》でも『神秘的』という雰囲気を作っていないにもかかわらず、目の前にいる星影妃香はまさに『神秘的』としかいいようがなかった。

上手い表現が見つからないが、全身からオーラが放たれているとでもいえばいいのだろうか。第一印象としては『胡散臭い』という感想は抱《いだ》けない。それこそ『本物』に見える、とまじまじと星影を見つめていた田宮は、アランに肩を抱かれはっと我に返った。

「どうしたの？」

「どうぞ。おかけになってください」

アランの問いかけとほぼ同時に、星影が口を開く。

「さあ、座ろう」

アランがにっこりと微笑み、田宮をリードするようにして二人並んで腰を下ろす。

「アラン・セネットさん」

星影が真っ直《ます》ぐにアランを見つめる。自分に視線がきていないため、田宮はようやく落ち着きを取り戻し、改めて星影を観察し始めた。

ストレートロングの黒髪。前髪は厚く、眉を隠すようにして真っ直ぐに切られている。白い顔は小さく、瞳が大きい。黒目も人より大きいようで、その瞳が神秘的な雰囲気を醸し出している源だと田宮は気づいた。

目は大きいが、その他の顔の作りが小さいせいか年齢不詳に見える。だがとびきり若いというわけではなさそうだ。そんなことを考えていた田宮の前でアランと星影のやり取りは続いていた。

「何を知りたくてここにいらしたの？」

「そうだな。まずは来年の運気を見てもらえるかな？」

アランは実にフランクに星影に接していた。彼は自分が感じているような神秘性を彼女に対して抱いていないらしい、と田宮はある意味感心し、隣のアランへと視線を移した。

もし今、田宮が星影に対し何かを喋ろうとした場合、軽く数分は言葉を探して黙り込みそうである。神秘的、というのは畏《おそ》れ多いと同義であるからなのだが、物怖《ものお》じする気配のないアランは余程鈍感なのか、それとも余程神経が太いのか。どちらなのだろうと思っていた田宮は、星影が笑顔と共に告げた言葉に驚き、視線を彼女へと戻した。

「来年の運気などあなたにとってはそう興味のあることではないんじゃなくて？」

「なるほど。小手調べをされるのは気に入らないというわけか」

アランもまた笑顔と共にそう告げ、真っ直ぐに星影を見つめ返す。

「本当に知りたいことをお聞きなさいな。時間とお金がもったいないわ」

星影は気を悪くするでもなく、やはりにっこりと笑うと、不意に視線を田宮へと向けてきた。

「……っ」

目が合った途端、田宮の背筋にぞくりとした何かが走った。悪寒《おかん》といっていい。心の奥を見透かされていそうな視線から思わず目を逸《そ》らせたそのとき、耳に星影の心地よいアルトが響いた。

「あなたの恋人との未来を聞きたいんじゃなくて？　ご両親に反対されているのでしょう？」

「……なぜ、それを……」

アランが動揺した声を出す。田宮もまた、なぜそんなことがわかるのかと驚き星影を見やった。

「ご両親の許可を得るのは難しい。期限が切られていますから。その打開策を求めてここに来たのですよね」

星影はそう言うとアランを真っ直ぐに見つめたまま口を開いた。

「今は待ちのときです。二ヶ月はご両親とコンタクトを取らずに我慢なさい。二ヶ月後、何か道が開けるきっかけが作れます。それまではこの話題には触れぬが吉です」

「……二ヶ月……ですか」

いつの間にかアランの口調が丁寧語になっていることに田宮は気づいた。彼の目の光が真剣さを物語っている。

当たっている――田宮は以前アランから、両親に富岡のことが知られ交際を反対されていると聞いたことがあった。

まだ交際には発展していないということはさておき、大企業の後継者であるアランには跡継ぎを望めない同性のパートナーは困る、というのが理由である。

反発するアランに両親は条件を付した。半年以内に富岡の両親が息子をよろしくと挨拶に来れば交際を認めるというものだったが、未だ富岡自身の気持ちも手にできていない状況であるアランにとってその条件は、実現不可能としかいいようのないものだった。

なぜそれを星影は知っているのだろう。それも不思議だったが、二ヶ月後には何か解決の糸口が生まれるというその発言も田宮にとっては不思議としかいいようのないものに感じられた。

果たして何が起こるのだろう。そう考えている時点で田宮は、自分が星影の言葉を信じているということにふと気づいた。

なぜ信じるのか。それは『両親に反対されている』という部分が当たっているからだ。アランのためにはこの占いの結果は当たることが望ましい。そう思いアランを見やると、アランもまた望みをかけた眼差《まなざ》しを星影へと注いでいた。

「そう。二ヶ月です。それまで辛抱なさい。下手に動いてはなりません」

そんなアランに向かい、星影はきっぱりとそう言い切ると、不意に視線を田宮へと向けてきた。

「あなたも堂々としていらっしゃい。逆境に負けては駄目よ」

「……え……?」

いきなり何を？　驚く田宮に向かい、星影が微笑み、アランと田宮、交互に見ながら言葉を続ける。

「二人して力を合わせれば、乗り越えられない壁はありません。どうか心を一つにして、頑張って」

これではまるで、アランの恋人が自分であるようではないか。唖然としたあまり言葉を失っていた田宮の横で、アランが口を開いた。

「僕と力を合わせるのは彼ではないよ。彼は単なる付き添いだ」

「…………」

一瞬、星影が目を見開いたのが田宮にもわかった。が、次の瞬間には彼女はにっこりと微笑み、またも田宮とアランを代わる代わるに見ながら話し始めた。

「周囲の手助けも必要だということよ。あなたの協力者なのでしょう？　彼の協力なくしては、ご両親の理解を得られませんよ」

「失礼。勘違いされたのかと思ってしまいました」

アランがバツの悪そうな顔になり星影に詫《わ》びる。そんな彼に対し田宮は違和感を覚えずにはいられないでいた。

今のはどう考えても、星影が勘違いをし、それをフォローした発言だろう。なのになぜアランは突っ込まないのか。内心首を傾げまくっていた田宮の前でアランは星影に仕事についてのアドバイスを要請し、彼女がそれに答えているうちに、持ち時間の三十分は過ぎていった。

ドアがノックされ、廊下からドア越しに先ほどのスーツの女性と思しき人の声がする。

「お時間です」

「不安に思われるようなことがあれば、いつでもお越しくださいな」

その声を受け、星影はアランに対し軽く頭を下げつつ占い時間の終わりを宣言した。

「はい、そうします」

アランもまた丁寧に答え、深く頭を下げる。つられて田宮もまた頭を下げながらも、アランの本心はどこにあるのかと彼をつい窺《うかが》ってしまっていた。

部屋の外にはスーツの女性が待機しており、アランと田宮を玄関まで導いた。

「十万円となります」

玄関で靴を履いているときに女性がアランに告げ、あまりの高額に声を失っていた田宮の前でアランがスーツの内ポケットから財布を取り出し、一万円札を十枚数えて女性に渡した。

「領収証は？」

女性が一万円札を数え直したあとにアランに問いかける。

「いらない」

「承知しました」

女性はそれだけ言うと、アランと田宮のためにドアを開いてくれた。

そのドアからアランが出、田宮があとに続く。部屋の外に出たあと田宮はアランに感想を聞こうとした。がアランは、目で『今は黙って』と告げると、田宮の肩を抱いたまま建物の外に出た。

「吾郎はどう思った?」

そこでようやくアランは口を開くと、田宮の顔を覗《のぞ》き込んできた。

「……オーラみたいなものは感じた……けど、俺をアランの恋人と勘違いしてた……よな?」

田宮の言葉にアランが「そうだね」と頷く。

「アランはどう思ったんだ?」

田宮の問いにアランは即答した。

「インチキだね。明らかに」

「その根拠は?」

問いかけた田宮にアランがニッと笑ってみせる。

「簡単なことさ。ここに来る前、僕はFacebookに書いておいたんだ。今日、著名な占い師のもとを恋人と訪れるって」

「それを……彼女は見ていた、ということか」

「それだけじゃない。僕が両親に雅巳とのことを反対されているということも過去

Facebookに書いていた。彼女の情報源は僕のＳＮＳということがわかる。今日の今日ではそのくらいしかなかったんだろうな」

「……なるほどね」

仕掛けをしておいたというわけか。感心し頷いた田宮の視界を一人の男が過《よぎ》った。

「あれ……」

今、自分たちが出てきたばかりのマンションへと向かっていく男の後ろ姿を田宮は思わず目で追ってしまっていた。

「知り合い？」

気づいたアランが田宮に問いかけてくる。

「違う。でもあれ、芸能人だと思う」

見間違えではない自信が田宮にはあった。最近、急速に露出が増えた若手俳優に違いない。

田宮はそう確信しアランを見やった。

「芸能人？」

目を見開くアランに「そう」と頷く。

「早乙女《さおとめ》結姫《ゆうき》。知らない？　売り出し中の俳優」

「知らないな。テレビは滅多に観ないんだ」

アランはそう言うと、田宮に対し、にっこり、と微笑んでみせた。

「忙しいんだよ。雅巳の動向を探ることに」

「……富岡のTwitterやFacebookはそんなに頻繁に更新されているんだ？」

あれだけ会社では忙しそうにしているのに、意外だなと思いつつ返した田宮にアランが肩を竦めてみせる。

「そうでもない」

「じゃあ、どうやって？」

問いかけた直後、田宮はその方法をすぐに思いつき、

「別に答えなくてもいい」

と告げ、別の話題を振ろうとした。以前、アランが宇宙衛星を使い富岡の動向を逐一探っていたことを思い出したのである。

「答えることに躊躇《ためら》いはないよ」

アランが本当に『躊躇いなく』、田宮が聞くのを避けていたことを告げようとする。

「しかしインチキとなると、西村さんの嗅覚は正しかったってことか」

聞きたくない、と田宮が強引に話を戻すとアランは、

「まあ、そうだね」

と頷いたものの、彼はなかなかに複雑そうな表情を浮かべていて、その意図は、と田宮はアランの顔をまじまじと見やった。

「どうした、吾郎」

アランが苦笑するようにして笑い、田宮に問いかけてくる。

「いや……そもそもどうしてアランは今回乗り気だったのかなと思って」

好奇心が働いたということだろうか。それとも西村の話に心動かされたから？　困っている西村の友人を人として放っておけなかったとか？　それはちょっとアランのキャラとは違うような気がする、と思いながら問いかけた田宮にアランは、

「まあ、予防線……かな」

と、意味のわからない答えを返し、田宮を戸惑わせた。

「予防線って？」

「そのうち説明するよ。それより明日、今日の報告のためにまた西村さんや雅巳とランチをしよう。吾郎も付き合ってくれ」

田宮の問いには答えずアランは一方的にそう言うと、

「帰ろう」

と微笑み、ちょうど通りかかった空車のタクシーに手を上げた。

「電車、まだあるから」

俺はいい、と田宮が言うとアランは「そう？」と目を見開いただけで、

「それじゃあ」

と一人、車に乗り込んでいった。

「………」

特に約束をしていたわけではないが、時間も時間であるし、このあと食事や飲みを田宮は想定していた。が、アランにそのつもりはなかったようである。

まあいいか、と思いながらも田宮は、このところのアランに余裕がないことを改めて実感していた。

彼の世界には今、富岡しか存在しないようである。取り繕うということを一切やめ、ただひたすら富岡に向かっていく姿勢は潔いといってもよかったが、向かわれる富岡にとっては『重い』以外の何ものでもないだろう。半年以内に距離を詰めたいというアランの気持ちもわかるが、逆効果じゃないのかなと思わずにはいられない。その旨、アドバイスをしたほうがいいのかも、と考えていた田宮は、それこそ余計なお世話かと首を竦め、自分も帰路につこうと地下鉄の駅を目指して歩き始めた。

しかし——歩きながら田宮は再びアランのことを考えた。

そうも余裕がない状態であるというのに、なぜ彼は西村が富岡に依頼した占い師の調査を自ら引き受けたのだろう？　やはり謎だ、と田宮はその理由を考えようとしたが、これが正解と思えるような結論を出すことができないまま、自宅に——高梨の官舎に到着した。

「あれ」

建物前には、見覚えがありすぎるほどにあるシルエットが佇《たたず》んでいる。

「あ、田宮さん」

微かに上げた声に気づいたらしいそのシルエットがもたれていたドアから身体を起こし田宮に近づいてきた。

「富岡、どうした？」

官舎前で田宮を待っていたのは富岡だった。『友達宣言』して以降、富岡が官舎を訪れることはなかったというのに、と戸惑い問いかけた田宮に対し、富岡は、

「いや……ちょっと結果が気になりまして」

とバツの悪そうな顔になり頭を掻《か》いた。

「……まあ、上がれよ」

来訪の理由はそれだけではないような気がする。第一、結果が気になるのであれば、普段の彼なら占い師のところに共に来ていただろう。

何か話があるということなんじゃないか。察した田宮は富岡を部屋に誘い、彼をダイニングのテーブル前に座らせると、食事はまだかと尋ねた。

「あ、まだです」

「作り置きのカレーでよかったら食べるか？」

田宮の問いに富岡が「そんな、いいですよ」と恐縮する。

「…………」

以前の彼であれば『田宮さんの手作りだ！』と浮かれ、一も二もなく食べただろうに。富岡のリアクションの変化に一抹の寂しさを覚えていることに田宮は気づき、少々複雑な思いに陥った。

そんな自身の胸中を押し隠したくもあり、田宮は、

「俺も食べてないからさ」

と富岡に笑いかけ、カレーを解凍し始めた。

「アランと食事に行くかもと思ったんですが、行かなかったんですね」

手伝う、と言ってはくれたが田宮が不要だと断ったため、ダイニングに座っていた富岡がそう声をかけてきた。

「アランはタクシーで帰ったよ」

自分も富岡と同じような予測をしていたのだが、実際は違った、と告げると富岡は、

「へえ」

と少し驚いた顔になったものの、すぐさま話題を変えた。

「それで、どうでした？　占い師は」

「アランが言うには偽物だって」

「なぜ断言できるんです？」

「偽の情報をSNSに書くという罠《わな》をしかけたんだ」

富岡の問いに答えながら田宮は仕度を続け、二人分のカレーを皿に盛りつけると、ダイニングへと戻った。

「いただきます」

恐縮しつつも嬉しそうに告げた富岡が一口食べ、

「美味《うま》い！」

と大仰なほどの大声を上げる。

「だろ？　作ったの、良平だもの」

富岡の賞賛ぶりには少しの作った部分も見えなかったため、誇らしさから思わず田宮はそんな、惚気《のろけ》るようなことを言ってしまった。

「へえ、高梨さん、料理上手いんですね」

今回もまた、少しも感情を取り繕った様子なく、富岡が感心してみせる。

「もしかして腕前は田宮さん以上？」

「うん」

「田宮さんも相当家庭的なイメージありますけど、それ以上って凄いですね」

「家庭的なイメージってなんだよ」

思わず噴き出した田宮だったが、ふざけている場合ではなかったかと即座にして反省し、話題を占い師に戻した。

「とにかく、アランのしかけた罠に占い師はしっかりはまった。それは充分『偽物』の根拠になるとは思う。でもそれにしてはなんていうか……オーラっぽいものを感じたんだよな」

「オーラ？」

どうやら理解できなかったらしく、富岡が小首を傾げるようにして問いかけてくる。

「どんなオーラです？　いかにも不思議な力がありそうな？」

「うん。何か持ってる感じがした」

「でも鑑定内容はアランのＳＮＳのカンニングだったんでしょ？」

富岡の指摘に田宮は「そうだけど」と頷いたのだが、やはり『オーラ』はあったとしか思えず首を傾げた。

「余程演技が上手いってことでしょうかね。それこそ女優ばりに」

富岡のその言葉に田宮は、

「そういえば」

と思い出したことを語り始めた。

「俺たちのあとに、俳優が来てた。早乙女結姫。知ってる？」

「知らない人なんているんですかね？　立て続けにドラマに出てますよね。ああ、映画にも」

「アランは知らなかったよ」

言ってから田宮は、これは言わなくてもよかったかと少し後悔した。『なぜ』知らなかったかを説明することにでもなると、富岡がその理由をどう思うか、気にしてしまったからなのだが、富岡のリアクションはいたってクールだった。

「物知らずですね」

ひとことのもと斬って捨てると、あっという間に話題を占いに戻す。

「占い師の力が偽物であるのにもかかわらず、顧客は豪華ってことですか」

「うん。俺たちの前はS電機の会長だったって」

自分は見ていないがアランが確認したと告げると富岡は、

「そんな大手の？」

と驚き、目を見開いた。

「なんだか偽物だということのほうを疑わしく思ってしまうな。そんなにコロコロ騙《だま》されますかねえ」

うーん、と富岡は唸《うな》ったものの、すぐに苦笑し肩を竦めた。

「アランの言うことだから信用できない……っていうのも大人げないか」

「……やり方はきたないけどまあ、信用できないってことはないと思うよ」

どう返すか、少し迷った結果田宮は、我ながら当たり障りがないなという言葉を告げたのだが、富岡が求めているのはこんなおざなりなものじゃないかとすぐに考えを改め、再度口を開いた。

「事実、占い師は俺をアランの恋人と間違えた。その上、アランがFacebookに書いていた内容については、細かいところまで当たっていた。もし、それだけ詳細を言い当てることができるほどの能力が本当に彼女にあるのなら、俺を恋人と間違えるようなことはないだろう……俺もそう、思うかな」

「そうですよね」

富岡は相槌《あいづち》を打ったあと、ふと思いついたように、

「『細かいところ』ってたとえばどんなことです？」

とあまり触れられたくない部分を問うてきた。

「たとえば……」

正直に明かすことができず言いよどむ。というのもアランは両親に富岡との仲を──『仲』といっても今現在は一〇〇パーセントアランの片想いなのであるが──反対されており、半年以内に富岡に彼の両親を伴い挨拶に来させる、それが実現できなかった時点で即刻帰国させる、という期限付きの条件を強《し》いられている。そのことをアランは富岡だけには明かすなと田宮に釘を刺した。

にもかかわらず彼は自分のＳＮＳにはそうしたことを書いていたらしい。富岡が絶対に自分のTwitterやFacebookを見ないということがわかっていたのだろう。それはそれで切な

いよな、と心の中で呟きながらも田宮は、やはり自分から明かす気にはなれないと適当に誤魔化すことにした。

「たとえば父親の職業。どのようにして来日したか。日常のあれこれ……そんなところかな」

「……へえ……」

富岡は何か言いたそうな顔をしたが、あまり興味を引かれなかったようで、

「ともあれ、偽物だと田宮さんも納得したんですよね」

と確認を取ってきた。

「まあ……そうかな。でもさっきも言ったけど、偽物の割りには、オーラはあった……かな」

煮え切らないと自分でも思えるような返答をした田宮に、富岡がすかさず突っ込んでくる。

「納得してない？」

「いや、怪しいとは思った。第一、もしも『本物』ならSNSを頼りにするわけないしな」

「……まあ、そうでしょうね。そうなると西村は凄いな。あいつの観察眼、半端ないという結論に達してしまう」

「あのお茶出しテクはタダ者ではないとは思ったんだよな」

人事担当役員との打ち合わせはマル秘事項が多い。それを知りたいという欲求を抑えきれなかった結果が、打ち合わせ中の『お茶出し』なのだろうが、以前それを体験したことのある田宮は西村の好奇心にほとほと感心したものだった。

そんな彼女であるから、見る目は確かなのだろうという意味での発言に富岡もまた、

「確かに」

と苦笑し、そこで一旦話は途絶えた。

「……あの……」

十秒ほどの沈黙のあと、富岡が意を決した表情で口を開く。

「ん？」

軽く問い返した田宮は、続く富岡の言葉に声を失うこととなった。

「……あの……突然ですけど、男に抱かれるって、どんな気分です？」

「ええっ⁉」

思いもかけない――どころか、突飛すぎるとしかいいようのない問いかけに田宮はただただ唖然とし、憮然とした表情で黙り込む富岡を前に言葉を失ってしまったのだった。

# 3

「えっと……富岡、それってどういう意味……かな？」

何を思っての問いなのか、意図がさっぱり読めない。それで問い返した田宮の前で富岡はみるみるうちに頬に血を上らせていった。

「あ……いや、たいして意味のある問いではないんです。ただ、僕には経験がないので……」

よくわからないのだ、と続けようとした富岡に田宮は、

「それって、もしかしてアランを想定してのことか？」

と思わず問うてしまい、直後に問わなければよかったと後悔した。

「具体的に誰とどうこうという問題じゃないんです」

富岡がそう言ったかと思うと、不意に席を立ったからである。

「お邪魔しました。西村には明日にでも僕から連絡しておきますよ」

「あ……アランが明日、西村さんとお前をランチに誘うと言ってたよ」

田宮が言うと富岡は「そうですか」と微笑み、ぽつりとこう言葉を足した。

「僕は別に参加しなくてもよさげですけどね」

「なあ、富岡」

今の『男に抱かれる』発言はアランを意識してのものではないのか。まずはそれを確かめたいと思い田宮が問いかけたそのとき、ピンポーン、というインターホンのチャイムが室内に響き渡った。

「あ、ごめん。ちょっと待っててくれ」

こんな時間にインターホンを鳴らすのはこの部屋の住人以外にいない。田宮の抱いたその認識は当然富岡も抱いたらしく、

「そろそろおいとましますよ」

と玄関へと向かおうとした。

「富岡、ちょっと待てよ」

田宮が慌てて彼のあとを追う。

「夜分遅くすみませんでした」

だが富岡はあっという間に到着した玄関で靴を履くと「それじゃ」と笑顔を田宮に向け、すぐさまドアを開いた。

「お」

ドアの外にいたこの部屋の住人が——高梨が、驚いた声を上げる。

「すみません、お邪魔しました」

富岡はその高梨と、そして田宮に会釈《えしゃく》をし、笑顔のまま立ち去っていった。

「富岡！」

田宮の呼びかけにも振り返る気配がない。やれやれ、と溜め息を漏らした田宮に状況がまるで読めていないらしい高梨が、眉を顰め問いかけてくる。

「ごろちゃん？」

「……ええと……おかえり、良平」

富岡のことは気になるものの、今、追いかけたとしても彼は何も話さないに違いない。田宮はそう自分を納得させると、まずは『おかえりのチュウ』からだと改めて高梨へと視線を向け、彼に抱きついていったのだった。


「富岡がカレー、誉《ほ》めてたよ」

高梨は既に食事をすませてきたというので、ビールと簡単なつまみを用意すると、田宮は高梨のグラスにビールを注《つ》ぎながら話題を富岡に持っていくべくそう伝えた。

「そらおおきに」

笑顔になった高梨だったが、顔色があまりよくない。それに気づいた田宮は、まずそっちを聞こうと高梨の顔を覗き込んだ。

「どうした？　美緒さん、なんかあった？」

「まあ、あったっちゅーか、なんちゅーか……」

高梨がやれやれといった顔になり肩を竦める。その様子から聞かないほうがいいのかなと判断した田宮は、やはり富岡の話題に戻ることにした。

「富岡が来てたのは西村さんに頼まれた件絡みなんだけど、良平、西村さんって覚えてるか？富岡の同期の……」

「えっ？」

「ああ、あの人事部のべっぴんさんやろ？　富岡君に気がある風の」

高梨の言葉に田宮は驚きの声を上げたものの、すぐに、ああ、そういうことか、と納得することができた。

田宮の目には西村の富岡に対する言動がすべて『同期愛』もしくは『友情』に見えていたのだが、彼女の気持ちが『恋情』であるのなら、あらゆることに合点がいった。

自分の友人一家が占い師にはまっていることをなぜ富岡に相談したのか。彼女の相談になぜアランは横から割り込んできたのか。

『予防線だよ』

アランのあの発言の意味がようやくわかった、と頷いていた田宮に高梨が、

「ごろちゃん？」

と問うてくる。

「ああ、ごめん。そう。その西村さんが富岡に、彼女の友達の件で相談に来たんだけど……」

田宮はすぐに我に返ると、なぜかその相談を横から引き受けたアランと共に占い師のもとを訪れたことを簡単に説明した。

「結論としては、インチキやった……いうことかな？」

高梨が首を傾げつつ尋ねてきたのは、田宮の説明が煮え切らないためだと思われた。

「でもごろちゃんはオーラを感じた」

「うん。でも『本物』かと聞かれたら正直、そこまでの自信はない。『本物』ならそれこそアランのSNSをカンニングとかしないだろうし」

「まあ、SNSのカンニングについては、占う相手の最低限の情報を仕入れときたかったんやないかと、そう解釈できんこともないけどな」

しかし、と高梨が言葉を続ける。

「個人の恋占いならともかく、企業のトップが経営方針をその占い師に丸投げしとる、いうんは少々気になるな」

「俺たちの前はS電機の会長だったって。まさかあんな大企業の経営方針が占い師の一言で決まるとは思えないけど……」

言いながら田宮は、S電機はそうでなくても、オーナー企業である花村の父の会社にとってはあり得る話か、と言葉を途切れさせた。

「なんやったっけ？　その占い師の名前」

高梨が田宮の思考を読んだらしく、改めて問いかけてくる。

「星影妃香……ああ、でも、わざわざ調べなくていいからな？」

名を聞かれたということは、高梨にそのつもりがあるということだろう。そう判断した田宮は慌てて高梨に告げたのだが、高梨は笑顔で頷いただけで、わかったと答えることはなかった。

これは調べるに違いない。ただでさえ忙しい高梨の手を煩わせることは避けたいと『しなくていいから』と繰り返そうとした田宮に、高梨がまるで違う話題を提供してきた。

「ところでさっき、話が途中になってもうたけど、姉貴な、離婚するかもしれん」

「ええっ⁇」

思いもかけない高梨の告白に、仰天したあまり田宮の思考は完全に途切れた。

「な……なんで？」

「義兄さんの浮気。今回が初めてやないんやて。いよいよ姉貴の堪忍袋の緒が切れたらしいわ。子供らもみんな、納得してくれたいうし、もう、離婚は避けようがないかもしれんね」

溜め息交じりに高梨はそう言うと、田宮へと視線を戻し、にっこりと笑った。

「ごろちゃんがそないな、悲惨な顔せんでもええよ。姉貴はもう、びっくりするくらいサバサバしとったから」

吹っ切れとるんやろうな、と笑い、高梨が田宮の頬に右手を伸ばす。

「美緒さんの旦那さんって、銀行員だっけ」

確か大手銀行の出世頭と聞いたような気がする。それだけに誘惑も多いのだろうが、それにしても、と田宮は美緒の心情を思い、溜め息を漏らしてしまった。

「……姉貴の身にそないなことが起こっとるとは、僕もまったく知らんかったんやけど……」

高梨はそんな田宮に向かい、ふっと微笑み頷くと、自身に言い聞かせるように言葉を続けた。

「知ったからには力になりたい、思うとる。性格上、いろいろ問題ある姉貴やけど、なんといってもきょうだいやしな」

うん、と頷く高梨に、田村もまた、頷いてみせる。

「俺も……俺にも何かできることがあれば、なんでもやるから」

「ありがとな、ごろちゃん」

高梨が本当に嬉しげに微笑み、田宮の頬をそっと包む。

「礼なんて……言うなよ」

当然のことじゃないか。田宮の言いたいことを今回も高梨は正確に読んでくれたらしい。

「ほんま……おおきに」

感極まった、という表現がぴったりの顔で高梨はそう言うと、そっと顔を近づけ田宮の唇に己の唇を押し当てるようにしてキスをした。

「ごろちゃんがついとってくれたらもう、百人力や」

「……それはないと思う……けど」

さすがに。苦笑した田宮の唇に、再び高梨の唇が押し当てられる。

「ほんまやて。僕は世界中の人間を敵に回したとしても、ごろちゃんさえいてくれたらもう、怖いモンなしやから」

囁く高梨の熱い吐息が田宮の唇にかかる。自身の中で欲情が急速に高まってくることを田宮は感じ、高梨を見やった。高梨の瞳にも欲情の焔《ほむら》が灯《とも》っているのが見える。

「……ベッド、行こか？」

高梨が囁き、再び唇を寄せてくる。

「ん……」

頷く自分の声が期待感に満ちているのを気づかれるのは恥ずかしい。そう思いながらも込み上げる欲情を抑え込むことはできず、高梨に腕を引かれるがまま田宮はその胸に倒れ込むと、貪るように唇を塞《ふさ》いできた彼に身を任せてしまっていた。

「や……っ……あっ……あぁ……っ」

寝室では二人とも我慢できないという心情を物語るかのように、それぞれに服を脱ぎ捨てると全裸になり抱き合った。

むしゃぶりつくようにして胸を舐《ねぶ》りはじめた高梨の頭を田宮が両手で抱え込む。無意識の所作ではあったが、その意図はもっと乳首を苛《いじ》めてほしい、という欲情の表れだった。

「あっ……あぁ……っ……あっ……」

田宮の意図をきっちり汲《く》んだ高梨は、音を立てて乳首を吸い上げ、もう片方をきつく抓《つね》り上げながら、軽く歯を立ててきた。

「やぁ……っ」

両胸に与えられる強すぎる刺激に、田宮の白い喉が仰《の》け反《ぞ》り、唇からはあられもない声が漏れ始める。

既に田宮の肌は熱く熱し、全身から汗が噴き出していた。鼓動が耳鳴りのように頭の中で響き渡り、思考力が限りなくゼロになる。

欲情に我を忘れる体験など、田宮は高梨と関係を持つまでしたことがなかった。田宮ももう三十歳であるので、過去、女性との経験が皆無というわけではない。恋人と呼べるような相手も今までには数人いたが、彼女たちとのセックスで味わったことのない快楽を田宮は高梨との行為で体感していた。

自分の身体がどうなってしまうかわからない。軽い恐怖をも伴うその快感に田宮は当初溺《おぼ》れ込むことを恐れた。

果たしてこの快感は自分が——男である自分が享受していいものなのか。欲望のままに身を任せてしまった結果、アイデンティティーの崩壊に繋《つな》がるのではないか。それを恐れるあまり田宮は長らく、感じるがままを態度で示すことを躊躇っていた。

が、いつの頃からか、その躊躇《ちゅうちょ》は失せつつあった。まったくないといえば嘘になるが、どれだけ気持ちよく感じているかを表現することが高梨を喜ばせると気づいてからは、必要以上に躊躇うことをやめたのだった。

「もう……っ……あっ……もう……っ」

胸はいい。ほしいものは他にある。

田宮の心情的にはそうだったが、躊躇いを捨てた彼にとってもやはりそこまでは口にすることができず、いやいやというように首を激しく横に振り、両脚を開いてその脚で高梨の腰を抱き寄せた。

「……わかったで」

高梨が田宮の胸から顔を上げ、にっこり微笑む。

「……馬鹿……じゃないか……」

羞恥が勝り、つい、そんな悪態を田宮が口にする。

「馬鹿やないもん」

関西人にとって『阿呆《あほ》』は許容範囲内にあるが、『馬鹿』は本気でむかつかれると田宮は高梨以外の関西人から聞いたことがあった。

出会ったときから『馬鹿じゃないか』と言い続けてきたことを反省し、もう言わないようにしようと思うも、すでに口癖になってしまっているため気を抜くとすぐに口にしてしまう。

高梨自身が『馬鹿』という言葉を告げたことでまた言ってしまったと気づき、反省しかけた田宮だったが身体を起こした高梨に両脚を抱え上げられ、勃ちきった雄を後ろにこすりつけられては、それどころではなくなった。

「や……っ」

先走りの液のせいで滑る先端の感触に、田宮の後ろがその挿入を求め激しく収縮する。自身でコントロールできない身体の反応に羞恥と共に欲情が一層煽られ、田宮の口から思わず高い声が漏れた。意識しないうちに腰を突き出してしまっていた田宮の耳に、高梨の切羽詰まった声が響いた。

「……ごろちゃん、すぐに挿《い》れても大丈夫……？」

「ん……」

上擦った高梨の声のトーンが、田宮の背筋にぞくぞくとした刺激を走らせる。早くほしい。その思いが田宮の身体を動かし、尚も腰を突き出すというあからさまな動作を、彼にさせていた。

「いくで」

ごくり、と唾を飲み込んだあと高梨が田宮に負担をかけぬよう、ゆっくりと雄の先端をそこへとねじ込んでくる。

「……っ」

少しも慣らさないところへの挿入にはやはり違和感を覚え、田宮の身体がびく、と強張《こわば》る。

「大丈夫か？」

高梨が敏感にそれを察知し、慌てて腰を引こうとする。そんな彼の背に田宮は抱えられていた両脚を回し、その動きを阻んだ。

「大丈夫だから……っ」

やめないでほしい。もしこのとき田宮が少しでも冷静さを保てていたら、そうもあからさまに高梨を求めることができなかっただろう。

幸いにも理性は欲情に紛れてしまっていた。これから与えられるに違いない快感を予測し、昂まりから我を忘れていた田宮のそんな行動は、希有《けう》なだけに高梨の微かに残っていた理性を吹き飛ばすには充分だったらしく、またもごくりと唾を飲み込むと彼は田宮の両脚を抱え直し、再びゆっくりと雄を挿入させはじめた。

「ん……っ……んん……っ」

眉間にくっきりと縦皺を刻んでいた田宮の口から微かな声が漏れる。が、その声は表情を裏切る、快感を堪えているような、そんな声だった。

やがて二人の下肢がぴたりと重なる。どちらからともなく深く息を吐いた田宮と高梨は目を見交わし、思わずくすりと笑い合った。

「動くで」

「ん……」

高梨が囁くようにしてそう言い、田宮が小さく頷く。

「……もう……たまらん……」

感極まった声を漏らした高梨の呟きはおそらく無意識のものと思われた。田宮もまたその呟きを聞く余裕がなかった。高梨が勢いよく突き上げを開始したからである。

「あっ……あぁ……っ……あっあっあっ」

いきなり奥深いところを力強く抉《えぐ》られ、田宮の背は大きく撓《しな》った。身体の中で燻《くすぶ》っていた快感が一気に噴き出し、全身から汗と共に放たれる。

「やぁ……っ……あっ……あっあっあっああっ」

リズミカルに突き立てられる高梨の雄が内壁を擦《こす》り上げるたび摩擦熱が生じ、その熱があっという間に田宮の全身へと巡っていく。吐く息も熱ければ脳まで沸騰しそうなほどに熱くなり、もともと覚束《おぼつか》なかった思考が完全に途切れた。

「あぁ……っ……もう……っ……もう……っ……もう……っ」

いきそうだ。激しく首を横に振りながら叫ぶ田宮の耳に、高梨の声が遠いところから響いてくる。

「一緒にいこ」

遠くに聞こえたのは自身の鼓動の音が耳鳴りのようになり頭の中で響いていたためだった。優しすぎるその声と同時に、片脚を離した高梨の手が田宮の雄を握り、一気に扱き上げてくれた。

「アーッ」

直接的な刺激に田宮はすぐさま達し、一段と高い声を上げながら高梨の手の中に白濁した液を放った。

「……く……っ」

射精を受け田宮の後ろが激しく収縮し、高梨の雄を締め上げる。その刺激で高梨も達したらしく、抑えた声を漏らすと田宮の上で伸び上がるような姿勢となった。同時にずしりとした感触を中に得た田宮の口から、堪らず深い息が漏れる。

「大丈夫か？」

つらさゆえの溜め息ととったらしい高梨が、慌てた様子で問いかけてきたのに田宮は、違う、と荒い息を深呼吸で整えながらも微笑み首を横に振った。

今、自分が得たのは苦痛ではなく、充足感としかいえない思いだ。それを伝えたいのに、まだ呼吸が整わず声を発することができない。

だが高梨には無事伝わったらしく、よかった、というように安堵《あんど》した様子の彼が田宮にゆっくりと覆い被さってくる。

「好きやで、ごろちゃん」

嬉しげに——本当に嬉しげにそう囁きながら、額に、頬に、ときに唇に、数え切れないくらいのキスを落としてくれる高梨の背を、田宮も心からの愛しさを込めて両手両脚で抱き締めた。

「そないなことしたら、またすぐ、次、いきたくなるで？」

くすくす笑いながら高梨がそう言い、田宮の額に音を立ててキスをする。

「ええで」

うそくさい関西弁で田宮はそう返すと、

「あざといで、ごろちゃん」

と、苦笑しつつも欲情を煽られている様子の高梨の背を、尚一層強い力で抱き締めたのだった。


「占い……か」

行為のあと、疲れ果てた身体を高梨の胸に預けていた田宮の耳に、物憂げな高梨の声が響いた。

「……ん……？」

半ば眠り込みそうになりつつも顔を上げ問いかけると、高梨は「寝とってええよ」と微笑みながらも、ぽつり、と呟いた。

「姉貴たちが好きやったな、思うてな」

「……お姉さん……」

高梨には年の離れた兄と姉二人がいる。多分彼は今、離婚の決意を伝えて寄越した下の姉の美緒のことを案じているのだろうと察した田宮は、眠さを堪えつつ身体を離し、肘《ひじ》を枕につくようにして高梨の顔を見下ろした。

「……なに？」

高梨が田宮の視線を受け止め、にっこりと微笑む。

「……うん……」

元気づけるような言葉をかけたい。が、上手い台詞が浮かばない。言いよどんでいた田宮の胸の内もまた、高梨は察したらしく、ふふ、と笑うと田宮の腕を引き、再び己の胸に抱き寄せた。

「女の子はほんま、占い好きやからな」

そうして田宮の髪を撫でながら、姉との思い出を語り始める。

「漫画雑誌の占いページのコーナー、頼んでもないのに僕の星座まで読んでくれるしな。あ、占いとはちょっと違うかもしれへんけど、こっくりさんやったっけ？　あれもよう付き合わされたわ。絶対姉貴が十円玉動かしとったって今でも思うとるけど」

「ウチは全員男兄弟だったから、そういうの、やらなかったなあ」

髪をかき回す高梨の指の優しい感触に、眠りの世界に引き込まれそうになりながらも、田宮が彼の話題に乗る。

「普通、男の子はやらんやろ」

高梨が笑う度《たび》に彼の裸の胸が大きく上下するが、そうした動きもまた田宮の睡眠を誘った。

「『あきすとぜねこ』とか無駄な知識を覚えたわ。知っとる？　『あ』は愛してる、やったかな。『き』は嫌い……『す』は……好き？　好きと愛してる、どう違うんやろと思ったもんや。ああ、『こ』は『恋人』やった。これの違いもようわからん」

「…………」

面白いね、と相槌を打てたかどうかは定かではない。が、満ち足りた空間の中で交わされる、どうということのない会話の余韻はしっかりと、この上ない幸福感と共に、翌朝目覚めたあとも田宮の記憶に残っていたのだった。

# 4

翌朝、高梨が警視庁の捜査一課に向かうと既に課内は騒然としていた。

「どないした？」

問いかけた高梨に、彼の部下である竹中《たけなか》が焦《あせ》った様子で答える。

「殺人《コロシ》です。ちょっと面倒な事件《ヤマ》になりそうで……」

「面倒？　ガイシャが？　犯人《ホシ》が？」

問いかけた高梨は竹中の答えを聞き、とてつもないほどの嫌な予感に見舞われた。

「ガイシャです。有名な占い師だっていうんですよ。顧客には政財界の大物が多いっていう」

「その占い師の名前は？」

外れていてくれ。高梨の願いは空《むな》しく潰《つい》えることになった。

「星影妃香。知ってます？　僕はまったく知りませんでしたが、まさに知る人ぞ知る、という有名な占い師らしいですよ」

竹中の言葉に高梨は、自分の悪い予感が当たった不運に、やれやれ、と溜め息を漏らした。

「警視？」

「……いや……ほんま、外れてほしい予感ほど当たるもんやな」

「はあ?」

意味がわからない、と素《す》っ頓狂《とんきょう》な声を上げる竹中の背を高梨は「なんでもないわ」と笑って叩くと、

「ほな、現場に行こか」

と促し、彼と共に部屋を出た。

現場は占い師、星影の事務所兼自宅である新宿の高層マンションだった。新宿なら、と高梨はまた予想したのだが、その、高梨にとっては好ましい『予想』もまた当たることとなった。

「よう、サメちゃん」

新宿署の名物刑事、人気小説にあやかる『新宿サメ』というあだ名を持つ納《おさめ》刑事は、高梨とは同期で二人は『親友』といってもいい間柄だった。その納刑事が現場にいるのを見出《みいだ》し声をかけると、納もまた嬉しげに笑いながら高梨へと近づいてきた。

「よぉ、高梨。お前の顔見て安心したぜ。今回の事件はちょっと、面倒なことになりそうだからな」

「まあ、なあ」

頷く高梨の歯切れが悪いことを気にしたのか、納がよく『熊』と評される愛嬌《あいきょう》のある顔

を近づけて問いかける。

「どうした？」

「いや……実はな」

高梨が頭を掻きつつ告げた言葉に、納ばかりかその場にいた竹中をはじめとする捜査員全員が驚きの声を上げた。

「すぐにわかることやろうから先に言うとくけど、昨夜、ごろちゃんがその占い師のところに来とるんよ」

「なんだって？　ごろちゃんが？」

「ごろちゃんが？　嘘でしょ？」

納が、そして竹中が仰天した声を上げる。

「嘘やったらよかったんやけどな」

肩を竦める高梨に納が、身を乗り出し問いかける。

「なんだってごろちゃんが？　もしかしてまた、何かに巻き込まれているのか？」

「いや、それはないと思うんやけど……」

「警視との将来を占ってもらいにいったんですか？　健気《けなげ》ですねー！」

竹中が感極まった声を上げる。

「いや、違うし」

「ええ？　じゃあ何を？」

不思議そうな顔になる竹中の額を高梨がペシ、と叩く。

「いて」

「『いて』やないよ。頼まれて被害者の占い師を探りに来たんや」

「探る？　ごろちゃん、探偵にでもなったんですか」

「ごろちゃん、相変わらず危ないことをやってるんだな」

竹中の問いと納のコメント、双方に高梨は首を横に振ってみせた。

「自分からやないで。巻き込まれたんや」

「ごろちゃん、なんか『持って』ますね。なんでそんなに殺人にかかわりがあるんでしょう」

竹中が感心した声を上げ、納が「確かに」と頷く。

「……まあ、確かにな」

できることならそんなものは『持って』いて欲しくないのだが。苦笑しつつも高梨は頷くと、そろそろ事件の概要を教えてほしいと納を見やり口を開いた。

「で？　もう遺体は運び出されとるようやけど。どないやった？」

「ああ、絞殺だ。凶器はガイシャ本人のベルト。死亡推定時刻は昨夜の午後十時から午前零時の間」

「現場はここ、か。この手のマンションなら、防犯カメラは万全やろ？」

「ああ。万全だ……が、怪しい人間は誰も写ってない」

「なんやて？」

どうして、と問いかけた高梨に納が頭をかきかき説明を始める。

「このフロアはガイシャの要請で、監視カメラが取り外されているんだ。自分の依頼人のプライバシーを守りたいという理由でな」

「……ほんまか」

不謹慎ながら、まさに自分で自分の首を絞めたということか、と思いつつ問いかけた高梨に、納が難しい顔をし頷き返す。

「ああ、『ほんま』だ。マンションの管理会社に高額の金を納め、それを認めさせたという裏付けも取れている」

「今回はほんまに、面倒な事件になりそうやな」

その分だと、と唸る高梨に納が「そうだな」と頷く。

「まずは被害者の昨日の行動を探ることにしよう。あとはエントランスの防犯カメラの映像。犯行時刻より前にこのマンションに出入りした人間を徹底的に洗い出すんや」

「わかった」

「了解です」

納、竹中をはじめとする捜査員たちが皆、高梨の指示に頷き、きびきびと動き始める。

「…………『持ってる』か……」

高梨の口から、先ほど竹中が告げた言葉がぽろりと漏れた。愛する人をできることなら捜査に巻き込みたくはないが、今回はそうもいってはいられないかと思う高梨の脳裏には、その『愛する人』が——今朝、別れたばかりの田宮の清々《すがすが》しい笑顔が浮かんでいた。


一方田宮はといえば、その頃、アランと富岡との間で繰り広げられていた諍《いさか》いに巻き込まれ、辟易《へきえき》としてしまっていた。

「雅巳、何をそんなに怒るんだ？　君が食べたいと言っていたエッグベネディクトの店を買収して君の家の近所にオープンさせたのが、なぜそんなに気に入らない？」

アランが芝居がかった口調でそう言い、富岡の顔を覗き込む。

「怒っているんじゃない。呆れているんだ」

答える富岡は言葉とは裏腹に、腹立たしさを抑え兼ねている様子だった。

「僕の行動の意図は一つだ。君に喜んでもらいたい。それだけなんだが」

真摯《しんし》に告げるアランに富岡が「だから」と語気荒く言葉を挟む。

「僕が一ミリもそれを望んでいないってわかってるか？　お前に望むことはただ一つ。何もするな、だ。わかったな」

言い捨てた富岡にアランが縋《すが》る。

「待ってくれ。何もしないなんて、そんなこと、できるわけがないじゃないか。なあ、吾郎」

いきなり呼びかけられ、田宮が戸惑いから声を上げようとした、その声に被せ富岡の怒声が響き渡る。

「だから、何事にも田宮さんを巻き込むなって言ってるんだよ。田宮さんはヒマじゃないんだ。お前の気まぐれに付き合わせていいわけがない」

「いや、確かに暇ではないけど……」

そこまで言わずとも、と富岡を諫めようとした田宮は、携帯が着信に震えているのに気づき、ポケットから取り出した。

「え？」

かけてきたのが高梨とわかり、珍しいなと思いながら応対に出る。

「もしもし？」

『あ、ごろちゃん？　今、ええか？』

高梨の声に緊張が宿っていることに気づいた田宮は、すぐさま用件を問うた。

「大丈夫。なに？　なんかあった？」

嫌な予感がする。だが心当たりはまるでない。なんだろう、と首を傾げそう告げた田宮は、電話から響いてきた高梨の言葉に唖然としたあまり絶句してしまった。

『実はな、ごろちゃんが昨日会ったいう占い師の星影妃香が殺されたんや。おそらく今日、聞き込みに行くことになると思う。僕が行かれればええんやけど、ちょっとどうなるかわからへんから、事前に知らせとこう思うたんや』

「そんな……っ」

声を失う田宮の様子を訝《いぶか》り、富岡とアランが田宮の周囲に集まってくる。

「どうしたんです？　田宮さん」

「トラブルでもあったのか？」

心配そうに問いかけてくる二人に田宮は、こう告げるのがやっとだった。

「昨日の占い師……殺されたって」

「なんだって⁉」

「なんですって⁉」

アランと富岡が、それぞれに驚きの声を上げる。

『ほんま、大丈夫か？　ごろちゃん』

電話の向こうからは高梨が心配した声で問いかけてくる。その声で田宮はようやく我に返ると「大丈夫」と答えたあとに、

「俺で役に立つことならなんでも喋るから」

きっぱりとそう告げ、捜査への協力を約束したのだった。

「びっくり。なんなの？　一体」

その日の昼食時、田宮はアランと西村、それに富岡と共に、アランが貸し切った会社近所の高級イタリアンレストランで顔を合わせていた。

「わからない……けど、ともかく、星影妃香は殺されたらしいんだ」

田宮の言葉に西村が「信じられない……」と呟く。

「タイミング、よすぎません？　昨日の今日ですよ」

西村は尚も動揺した声で告げたが、不意に、

「あ！」

と何か思いついたように大きな声を上げ、場の注目をさらった。

「なんだよ」

富岡が西村に問いかける。

「もしかして、能力的に偽物ってことがバレつつあったんじゃないかしら。だからこそ、今のうちに稼いでおこうってことで、由紀恵のお父さんにも金を出せ出せって煩《うるさ》かったのかも」

「そうだったのか?」

富岡の問いに西村が「そうなのよ」と頷く。

「名前は聞いてなかったけど、大物代議士への献金を勧められていたって前に聞いたわ。その額が半端なかったから、由紀恵も訝って私に相談したんだけど、そのあと彼女も占い師に取り込まれちゃったのよね」

「……なるほど。破綻《はたん》しかけていたことが原因で、占い師は命を落とした……ってことか。騙されたと気づいた相手に殺された、とか?」

富岡が考え考え喋る横からアランが、

「死亡推定時刻は?」

ちらと彼と西村を見つつ、田宮に問う。

「聞いていない」

「僕たちは容疑者になり得るのかな?」

即答した田宮に尚もアランが問いかけ、顔を覗き込んできた。

「……それはないと思う」

もしそうなりそうな場合は、高梨がそれらしいことを言いそうなものである。が、彼の電話ではそのことには一切触れなかった。

だからその可能性は薄い。そう思い告げた田宮に、西村が純粋としか表現しがたい目を向け問いかけた。

「田宮さん、警察に顔が利くんですね。凄いわ」

「いや、顔が利くとかじゃないんだ」

まるで言い訳のように聞こえる、と思いつつも田宮が西村に言い返したそのとき、彼の携帯が着信に震えた。

もしかして、と見るとやはりかけてきたのは高梨で、

「ちょっとごめん」

と断ったあと応対に出た。

「もしもし?」

『ああ、ごろちゃん? 今、昼休みやろ。都合よかったら話、聞かせてほしいんやけど』

「都合はいいよ。ええと、アラン、ここ、なんて店だっけ?」

ここには関係者が揃《そろ》っている。説明をするには最適だろう。そう思いながら田宮はアランに店の名を問い、それを高梨に伝えたのだった。

「みなさん、ほんま、申し訳ありません。昼休みいうんに」

それから約五分後、高梨は納と共に、田宮が伝えたイタリアンレストランにやってきた。

「納さん」

「よ」

富岡が呼びかけ、納が答える。その様子を見ていたアランの顔色が変わったことに、傍《そば》にいた田宮は気づいたが、彼以外の人間が気にすることはなかった。

「驚きましたよ。殺人ですって？」

「あれ？　富岡君の名前は聞いてなかったな」

関係者なのか？　と問いかける納に答えたのはアランだった。

「やあ、納刑事。敢えて僕を無視するのはやめてもらえないかな？」

「いや、別に敢えて無視したわけじゃないけど……」

今、店に入ってきたばかりだし、と言葉を続けようとした納の声に被せ、アランが高らかに宣言する。

「昨日、星影妃香を訪問したのは僕と吾郎だ。吾郎は僕の付き添いだからそう興味深い話は彼からは聞けないだろう。で？　君たちは何を聞きたいというのかな？」

居丈高。アランの言動を物語るに、相応《ふさわ》しい言葉はこの三文字だと思っていた田宮の前で、初めて高梨が口を開いた。

「アランさん、そしたら鑑定中の彼女の様子を教えてもらえますかな」

「君は確か、高梨警視だったね。吾郎のパートナーの」

「えっ」

アランの言葉を聞き、西村が驚きの声を上げる。なんでもかんでもオープンにしてくれる、と内心溜め息をついていた田宮の耳に、実に淡々とした高梨の声が響く。

「はい、高梨です。それではアランさんが昨夜、星影さんを訪れた経緯とその時の様子を教えていただけますか？　死亡推定時刻はアランさんたちが帰ったあとですから、何か特別なことでもないかぎり、あなたが容疑者になることはまずありません」

「当然だ。僕は何もやっていない。それでは昨日あったことを説明する」

アランはそう言うと、立て板に水のごとく、昨夜の星影との面談のすべてを語ったあと、彼の見解を追加した。

「彼女は著名な占い師ということだったが、僕の目にはそう見えなかった。それを証拠に彼女は僕のＳＮＳを参照していた。因みに僕の前の客はＳ電機の会長、僕のあとは……ええと、誰だっけ？　吾郎が教えてくれた。有名な俳優だったね」

不意に声をかけられ、田宮は戸惑いの声を上げつつも、アランに対し頷いてみせた。

「うん。最近売り出し中の……早乙女結姫。でも彼とはマンションの前で擦れ違っただけだから、顧客と断言はできない……かな。でも、マンションに出入りしていたことは間違いないよ」

「早乙女結姫か。本当だとしたらちょっと面倒なことになるな」

ううん、と納が唸る。

「面倒？」

富岡の問いに納が「ああ」と頷く。

「早乙女の事務所は大手だからな。もしも彼が本当に顧客だったらそこを突き詰めるのは難しそうだ」

納が溜め息交じりに告げる言葉が気になり、田宮は「どうしてですか？」と思わず問いかけてしまった。

「鑑定に行ったこと自体を揉《も》み消されてしまうとか……そういうことだろう」

答えてくれたのはアランだった。肩を竦めた彼は納と高梨へと視線を向けると、

「必要とあれば」

と言葉を続けた。

「僕がその事務所を買収しよう。ともかく、殺人事件に僕や僕の周りの人間は関与していない。無駄足を無能な警察が踏まないよう、できることはするつもりだ。望むらくは今日以降に警察が事情聴取に来ないでほしいということなんだが、その辺は考慮してもらえるのかな？」

アランの言葉に高梨が苦笑しつつも頷いてみせる。

「約束しましょう。ああ、それから買収の必要はありませんよ」

「そうか。別にしてもかまわないのだが」

にっこり。晴れやかな笑みを見せるアランを横目に田宮が高梨におずおずと言葉を足した。

「アランの言うことはぶっ飛んでいるけど、一応、好意から出てる言葉だと思うので……」

「わかっとるて、ごろちゃん」

高梨は田宮に微笑み頷いてみせると、納に目配せをし立ち上がった。

「お食事中、お邪魔しました」

「一日も早い犯人逮捕を祈っているよ」

アランもまた立ち上がり、高梨に右手を差し出す。

「ご協力、ありがとうございました」

高梨はアランの手を笑顔で握り返すと、納と共にレストランを出ていった。

「あの、田宮さん」

二人の姿が消えるのを待ちきれなかったように、西村が前のめりになり田宮に問いかける。

「今の高梨さんが田宮さんのパートナーって本当ですかっ？」

「それは……」

自分の体面ではなく、高梨の立場を思いやった結果、田宮は即答できずに一瞬言いよどんだ。そんな彼の横から富岡が口を開く。

「以前お世話になった刑事さんだよ。僕の知り合いでもある」

「……え？　じゃあパートナーじゃないの？」

ならなぜアランはそう言ったのか。そう言いたげな西村に富岡が言葉を足す。

「田宮さんも僕も、なぜか何度も事件に巻き込まれてるからな。そのたびに世話になってるんだよ。それこそ運命感じるくらい。そういう意味では『パートナー』だろ？」

「ああ、なんだ、そうなの。そういやほんとにトミーも田宮さんも何度も警察のお世話になってるわよね。今回もそうっちゃそうだし……」

西村が納得した声を上げる。田宮は内心安堵したものの、安堵している自分に対しては自己嫌悪を感じずにはいられなかった。

この『安堵』はどう考えても、高梨の立場を思いやったものだというより、自分の立場を思ってのものだ。ゲイばれすることを恐れてはいないつもりだったが、いざバレそうになると、バレなかったことにほっとしている。

やはり保身を考えてしまっている自身に対し、やりきれない思いを抱いていた田宮の耳に、富岡のナチュラルとしかいいようのない声が響く。

「でもまあ、今回は事件に『かかわった』ってほどでもないな。犯行時刻と訪問時間はズレてるみたいだし……どちらにせよ、西村、お前が心配していた花村の家は安泰ってことになったんだから、まあ、よかったんじゃないの？」

「……よかった……というのはさすがに抵抗あるわよね。人が一人亡くなってるわけだし」

富岡の言葉に西村が複雑そうな顔になり首を傾げてみせる。

「まあ、そりゃそうだよな」

富岡もまた頷いてみせたあとに「ただ」と言葉を足した。

「言い方は悪いけど、『因果応報』という部分もあると思うなぁ。殺されるほど恨まれていたってことだろうし」

「偽占いのせいで？　だとしたらまあ……仕方ないのかもね」

西村もまた頷き富岡の発言を肯定する。

果たして本当に『因果応報』なのだろうか。そう思う田宮の脳裏に昨日会ったばかりの星影妃香の顔が浮かんだ。

年齢不詳の美貌の占い師。アランは『偽物』と決めつけていたが、オーラはやはりあったと思う。

そうしたことを見極める能力が自分にあるとは田宮自身、思っていなかったものの、あれは『オーラ』としかいいようのないものだった。

あの『オーラ』はどこからくるものだったのだろう。田宮は自分の周囲でそうした『オーラ』を持つ人間に会ったことはなかった。演技で出せるものか否かということはわからない。が、少しはそうした能力を彼女は持っていたのではないかと思えて仕方がない。

とはいえ、実際のところを知る機会はおそらく、自分には訪れないだろう。ほんの数秒のうちに田宮はそう結論づけると、もうこの件に関しては考えるのをやめようと心を決めた。

「それにしても犯人は誰なんでしょうね」

西村が興味津々といった顔でそう、皆に問いかける。

「さっきトミーが言ってたみたいに、占いによって損失を被った人かしら。その可能性は高いわよね」

考え考え、西村がコメントするのに富岡が「まあ、そうだよな」とあまり気持ちのこもっていない声で相槌を打つ。

「トミー、ほんと、あなた、興味があることとないことの差って激しいわよね」

西村が呆れた顔になり富岡を軽く睨む素振りをする。

「興味がないわけじゃないよ、別に。ただ……」

バツの悪そうな顔になりつつも富岡は言い訳よろしく、言葉を続けた。

「事件に巻き込まれるのは当分いいかな……というのが正直なところかな。警察に呼び出されるのはもう充分だよ。上司にも睨まれてるしね」

「わかるわ。サラリーマンたるもの、出世はしたいもんね」

相槌を打つ西村の視線は真っ直ぐに富岡に注がれている。視線と同じくやはり彼女の想いもまた富岡一人に注がれているということだろうと、心の中で納得していた田宮の耳に、揶《や》揄《ゆ》しているとしかいいようのないアランの声が響いた。

「出世ね……ねえ、雅巳。君さえその気になれば、もっと広い世界で自分の実力を試せるよ。君の能力からして、今の職場は適しているとは思わない。この会社で偉くなることになんの意味があるというのか、甚《はなは》だ疑問だ」

「放っておいてくれ。自分の能力の働かせどころは自分で決めるよ」

きっぱりと言い切った富岡に対し、アランは実に残念そうな顔で肩を竦めてみせたが、言葉として何かを発することはなかった。

「事件のことはもう、考えるのをやめましょう。結果オーライですよ」

富岡がすべてを思い切った表情を浮かべ、田宮に笑いかけてくる。

「うん……そうだな」

相槌を打った田宮だったが、これから犯人を逮捕するべく寝る間も惜しんで捜査にあたる高梨のことを思うと、『結果オーライ』とは言い切れないと、密かに一人溜め息を漏らしたのだった。

# 5

田宮たちがまだイタリアンレストランでランチをしている間に、高梨と納は早乙女結姫に事情を聞くべく、彼の所属する芸能事務所へと向かっていた。

死亡推定時刻からすると、早乙女結姫が被害者の生前最後に会った人物だという可能性が著しく高い。それで二人は早乙女のもとを訪ねたのだが、納の予想どおり芸能事務所の壁は厚かった。

「警察がなんの用です？」

二人の応対をしたのは早乙女本人ではなく、事務所社長を名乗る吉野《よしの》という男だった。社長室で高梨と納を迎え、応接セットで向かい合う。

年齢は四十代半ばか。本人が俳優をやったほうがいいのではと思われるような二枚目ではあるが、どことなく胡散臭さを感じさせる。

目つきか、それともやたらと日焼けをしている肌の色のせいか。横柄という印象はないものの、威圧感のあるその物腰には、ある『業界』特有の共通項がある。同じ思いを抱いたらしい納が目配せしてくるのに頷き返すと、高梨は事情を説明するべく口を開いた。

「こちらの所属タレントの早乙女結姫さんに少々お話を伺いたいのです。なに、お時間はとらせません」

「どのような話でしょう？」

「できれば直接、ご本人から話を聞きたいのですが」

そうした押し問答があり、なかなか話が進まない。

「まず用件をお話しください。警察沙汰《ざた》になるような心当たりは我々にはまったくありませんが」

一歩も引かない社長に対し、仕方ない、と高梨はまず彼に状況を説明することにした。

「占い師の星影妃香さんが遺体で発見されまして。それで昨日星影さんを訪ねた人に事情をお伺いしているのです」

「え？　星影先生が？」

途端に吉野社長の顔色が変わる。驚き方が大仰だなと高梨は感じたが、わざとらしいというほどではなかった。もともと感情表現がオーバーなのかもしれない。そう思いながら言葉を続ける。

「はい。早乙女さんが昨夜、星影さんをご訪問されたと聞きまして、それでご本人からお話を伺いたいと」

「結姫が？　昨夜？」

またも吉野社長は大仰に驚いてみせたあとに、すぐさま立ち上がり、デスクの電話を取り上げた。

「佐藤《さとう》か。結姫と一緒に社長室に来るんだ。至急だぞ」

一方的にそう告げるとすぐに電話を切り、高梨らの前に戻りソファに腰を下ろす。

「今、マネージャーと本人を呼びました……が、まさか刑事さん、うちの早乙女は容疑者ってわけじゃないですよね？　そんなだまし討ちみたいなことされたら困りますんで」

「だまし討ちて……」

高梨が思わず苦笑する。

「笑い事じゃありません。人気商売なんですから。そんな、殺人事件の容疑者扱いされるなんてことがあれば死活問題ですよ」

吉野は本気で憤っていた。迫力ある目つきといい、ドスのきいた声音といい、やはりあの『業界』に通じるものがある、と高梨が思ったそのとき、遠慮深いノックの音が響き、室内にいる皆の注意をさらった。

「入れ」

吉野が声をかけた直後、ドアが開き、一人の若い眼鏡の男が首を出す。

「あの、社長……」

「佐藤、早く入れ。結姫は？　連れてきたんだろうな」

自分たち刑事に対するよりも迫力のある声を出す吉野を前に、高梨と納は目を見交わし、やはり、と頷き合った。

やはりある『業界』――暴力団関係者と実に似た雰囲気を有している。芸能事務所と暴力団の間の『絆《きずな》』についての歴史は深いと聞いてはいるが、おそらくこの事務所もそうした絆を結んでいるのでは、と高梨と納が再び目を見交わせるその前で、佐藤という名のマネージャーと思しき若い男が、おどおどしながらもドアを大きく開き、自身の後ろにいた人物を部屋に入れようとした。

「あ」

納が小さく声を上げる。面倒くささそうな表情を隠そうともせず室内に入ってきた男の顔は、高梨もテレビなどでよく見知ったものだった。

早乙女結姫――男なのに『姫』という字が名前に入っていることにまるで違和感のない美形である。『綺麗な顔』と百人が見たら百人全員がそう評するであろう美貌の持ち主である早乙女は、去年主演した映画が当たり、つい先頃までテレビドラマの初主演を務めていた。

女顔ではあるが、女々《めめ》しい感じはあまりしない。番宣でテレビのバラエティ番組に出ている姿を高梨は二、三度観たことがあったが、礼儀正しくさっぱりした性格のいわゆる好青年で、綺麗すぎる顔と『爽《さわ》やか』というギャップがますます世間の好感度を上げたというような芸能記事もどこかで読んだ記憶があった。

しかし今、目の前にいる早乙女からはあまり『爽やか』だの『好青年』だのという印象は得られなかった。いかにも不機嫌そうに眉間に縦皺を刻み、不満げな目で室内を見回している。

「結姫、お前、昨夜星影先生のところに行ったというのは本当か？」

吉野がそんな彼に問いかけた。先ほどの佐藤マネージャーに対するよりも声のトーンは抑えていたが、威圧感はこれでもかというほどにある。が、問いかけられた早乙女はたいして恐れを抱いている様子はなく、相変わらずむすっとしたままひとことと、

「ああ」

と頷きそっぽを向いた。

「予定に入っていなかっただろう」

吉野が少し厳しい声を出す。所属タレントに舐《な》められている姿を社外の人間や佐藤に見せたくないのかもしれないと思いつつ、高梨は二人のやり取りを見つめていた。

「オフになったから。プライベートで行っちゃいけない？」

早乙女の態度が変わらないことに対し、怒りを覚えている様子ではあるが、ここで怒声を上げるほうがみっともないとでも思ったのか、吉野は気持ちを落ち着かせるように小さく息を吐き出したあと、別の問いを発した。

「……マネージャーと行ったのか？」

「ひとり」

一方、早乙女は即答はするが態度は悪いままだった。

「何時頃だ？」

「九時くらい」

答えたあと今度は早乙女から吉野に問いを発した。

「てか、なんなの？　オフに占い行くって、なんか問題ある？　時間空《あ》いたら行けって、社長が言ったんじゃん」

不機嫌この上ない顔で言い捨てる早乙女の言葉を吉野が「もういい」と遮り、高梨と納へと視線を向けつつ、早乙女に二人を紹介する。

「警察の方だ。昨夜、星影先生が何者かに殺害されたそうだ。それで昨日、先生を訪ねた人間に事情を聞きに来ていらっしゃる」

「……え？」

吉野の言葉を聞いた瞬間、早乙女の顔から表情が消えた。

「…………」

血の気も引いていき、真っ白で無表情の彼の顔はまるで、人形のように見える。それほどのショックを覚えたのかと高梨が凝視していることに気づいたらしく、すぐに早乙女は、はっとした表情となると小さく首を横に振ったあと吉野に向かい問いかけた。

「俺が容疑者ってこと？　冗談じゃない。俺が帰るときあいつ、ぴんぴんしてたぜ？」

「いえ、そうではありませんし、『殺害された』とは言っていないはずですよね」

吉野が答えるより前に高梨が立ち上がり、二人の会話に割って入る。

「ああ、警察が来たのでてっきり殺人事件かと思ってました。違ったんですか？」

吉野が慌てた口調で高梨に問うてくる。

「その可能性が濃厚です」

「なんだ」

ならいいじゃないかと言いたげにしながらも、吉野の頬がピクピクと痙攣《けいれん》しているさまを高梨は興味深く見やった。

「で？　容疑者じゃないんなら、何を話せって？」

今度は横から早乙女が、吉野と高梨の会話に割って入った。

「さっきも言ったけど、俺が帰るときはあいつ……星影先生はぴんぴんしてた。事件に俺は関係ないぜ」

言い捨て、帰ろうとする早乙女の前に納が周り込み、その背に高梨が声をかける。

「早乙女さん、すみませんがご協力願います」

「何を協力しろって？」

早乙女が最初じろりと納を睨み、振り返って高梨を睨み付ける。

「昨夜は何時に星影さんのマンションを訪れ、何時に退室しましたか？」

「………」

早乙女が少し考える素振りをしていると、吉野が「刑事さんの質問に答えなさい」と口を出してきた。

うるせえなあ、とでもいうように早乙女は吉野を一瞥したあと、ようやく口を開いた。

「マンションに行ったのは九時頃。出たのは十時半頃」

「一時間半ですか」

高梨が先ほどアランから聞いた話では、鑑定は三十分で十万円ということだった。

「星影さんのところにはよくいらっしゃるんですか？」

常連なら時間を延長できるということだろうか。高梨はそう思い尋ねたのだが、彼の問いに早乙女はなぜそうも、というくらいむっとしてみせた。

「頻度が高かったら容疑も濃くなるって言いたいのかよ？」

「違います。あなたの前に鑑定してもらったかたに先ほどお話を伺ったんですが、鑑定時間は三十分でした。因みに金額は十万円とのことで」

「あの、先ほどから気になっていたんですが」

ここでなぜか吉野がいきなり問いを挟んできたため、高梨は彼へと視線を向けた。

「なんでしょう」

「顧客名簿や予定表が星影先生の事務所から渡されたということでしょうか？　それでこちらにいらしたと？」

「いえそれが……」

顧客名簿については当然ながら警察は星影の秘書に求めていた。が、秘書が言うには、管理はすべて星影本人がしており、自分は客の案内くらいしかやったことがないという話で、名簿のありかも知らないということだった。

今、捜査員たちが星影のマンション内や彼女のパソコンを調査しているところだが、未だ見つかったという情報は入っていない。犯人が持ち去った可能性も捨てがたく、今、秘書の女性の記憶を頼りに顧客の名簿を新たに作成しているところだった。

が、彼女の口から語られるのは著名な俳優やスポーツ選手の名のみであり、その人数はごく少なかった。政財界の人間に対してはまったく興味がないため、偉そうな年寄りは何人もいたが、どこの会社の誰、ということはわからないという、顧客名簿を作成するには至って頼りない状態らしかった。

そういえば、早乙女の名は出ていなかった。真っ先に名前を言われてもいいようなものだが。高梨は今それに気がついたと思いつつ、名簿については捜査中であると状況をぼかして吉野に説明した。

「そうですか」

吉野が釈然としない顔で頷き、追加で何かを尋ねようとする。が、話を聞きたいのは彼ではなく早乙女だと高梨は改めて、相変わらずぶすっとしている早乙女に問いを発した。

「星影さんのところにいらしたのは昨夜の午後九時から十時半の一時間半ですね。あなたのあと、来客があると星影さんは仰《おっしゃ》っていましたか？」

「それは言わないでしょう。顧客のプライバシーが遵守《じゅんしゅ》されているというのが彼女の売りの一つでもあるので」

答えたのは早乙女ではなく吉野だった。

「あの……」

早乙女に聞いたのだと言おうとした高梨の声に被せ、早乙女がぼそっと呟く。

「聞いてない。でもいないんじゃないの？」

「結姫」

吉野がここで彼の名を呼んだのは、口を閉ざさせようという意図だと高梨は気づいた。余計なことを喋るなということだろうが、何が『余計なこと』なのかと、更に問いを重ねる。

「いないと思われた根拠は？」

「別に。ただの勘。てか、夜の十時半に普通、客って来るって思う？」

「まあ、そうですな」

高梨は笑って相槌を打ったが、それこそ彼の『勘』が何かあると告げていた。

「お会いになっている間、星影さんにいつもと違うところはありましたか?」

笑顔のまま、高梨が早乙女に問いかける。

「別に。いつもと一緒」

「早乙女さんはどのくらいの頻度で通われてたんです?」

「それさっきも聞かれたけど」

むすっとしながらも問いに答えていた早乙女が、じろ、と高梨を睨みつけてきた。

「頻度が高いと容疑者になんの?」

「違います。『いつも』とおっしゃったので、よく通われていたのかと改めて思ったまでですわ」

「……言葉のアヤだよ。前と一緒だった……でいい?」

早乙女はそう言うとちらと吉野を振り返った。

「俺、何も捜査に協力できるようなこと、言えそうにないから。もういいかな?」

高梨たちにではなく、退出の許可を吉野に求めた早乙女は、その吉野から、

「ああ、ご苦労」

と許可を得るとすぐに「それじゃあ」と高梨と納に軽く頭を下げ、ドアへと向かっていった。

「あの……」

納がその背に声をかけるも、早乙女は振り返りもせずに部屋を出ていってしまった。あとに佐藤というマネージャーが続く。

「もう、よろしいですか？」

二人の背を見送っていた高梨は、吉野に声をかけられ視線を彼へと戻した。

「早乙女にお話しできることはもうないそうですから」

「それがそうも言うていられんのですわ」

高梨が困った、というように苦笑し、肩を竦める。

「……はい？」

どういうことだ、と眉を顰めた吉野に高梨は、さも世間話でもするかのような軽い口調でこう告げた。

「星影さんの死亡推定時刻は午後十時から零時の間なんですわ。早乙女さんの来訪時間とばっちり、かぶっておりますな」

「なんだって……っ」

それを聞き絶句した吉野に対し高梨は、

「もう一度、早乙女さんを呼んでもらえますかな？」

と笑顔のまま続け、さあ、というように卓上の電話を手で示してみせたのだった。

任意同行を求めると、早乙女は意外にあっさりと応じ、新宿署内の会議室で高梨と納の質問にぽつぽつ答え始めた。

「星影さんのマンションにいらしたのは午後九時から十時半でしたね。一時間半、どんな話をされたんです？」

納の問いに対し、早乙女は、

「別に」

と答えたものの、事務所にいたときのような不機嫌な態度ではなく、どちらかというと不安を抱えているせいで落ち着きをなくしているような感じに見えた。

「別に我々はあなたを犯人扱いしとるわけやないですから」

まずは心を開かせようと、高梨は笑顔になると、どうぞ、と改めて事務員が運んでくれていたコーヒーを早乙女に勧めた。

「ここは会議室で取調室やないですし」

「……でも、容疑者ではあるんだろ？」

コーヒーカップに手を伸ばしながら、早乙女が探るように高梨を見つめてくる。

「あなたがさきほど仰ったように、マンションを出たあとも星影さんがピンピンしていたことが証明されれば、なんも問題ありません」

「証明されればね」

やれやれ、というように早乙女は溜め息をつくと、自棄《やけ》になったようにコーヒーに口をつけた。

「これ、ぬるくない？」

「淹《い》れ直しましょうか？」

「いや、いいけど」

むすっとしたまま高梨に答え、冷めかけたコーヒーを一気に飲み干すと、早乙女はああ、と溜め息をついた。

「これで何もかもがパァだな」

天井を仰ぎ、投げやりな口調でそう告げる。

「パァ、というと……」

納が問おうとした言葉に被せ、早乙女は彼へと視線を向けると、やにわに喋り始めた。

「長年苦労してようやく日の目を見たけど、この一件で全てパァってこと。まったく、なんのために苦労してきたんだか」

「パァ、いうことはないんちゃいますかね」

犯人でない限り、と高梨が続けようとしたのがわかったのか、

「容疑者になった時点で駄目なんだよ」

と早乙女は遮り、言葉を続けた。

「映画にしろドラマにしろスポンサーは降りる。実は両方、決まってたんだよね。映画は来月発表だった。多分、ポシャるよ」

「…………」

諦観。高梨が受けた印象はそれだった。

「ああ、誤解しないでよね。俺、犯人じゃないから」

早乙女が先回りをしたような発言をし、高梨の目を覗き込むようにして笑いかけてきた。

「そうですか」

相槌を打ちつつも高梨は早乙女に対し、随分と勘がいいなという感想を抱いていた。ことごとく自分の心を読んだかのような言葉を告げられたからなのだが、その思いもまた早乙女には読まれることとなった。

「これは俺の特技。その人が今、考えていることは大概わかる。あとはその人の未来とか」

「……それは……占いの才能がある、いうことですか？」

からかわれているのか。しかし刑事をからかうその意図は？　内心首を傾げていた高梨だったが、続く早乙女の言葉にはぎょっとし、思わず彼の顔をまじまじと見てしまった。

「刑事をからかうとか、リスクあることとするわけないじゃない。いくら自棄になってるにし

ても」

「…………早乙女さん……」

「ああ、失礼。調子に乗ってるね、俺。でも、誰にでもできるってわけじゃないんだ。相性があるみたい。それを証拠に隣のあなた……ええと、納さんでしたっけ？　納さんの未来はまったく見えない」

心情も、と言葉を足した早乙女が、じっと高梨の目を覗き込んでくる。

「未来、見ようか？」

「遠慮しときます。実はちと苦手なんですわ。占いっちゅうのが」

苦笑する高梨に早乙女が「わかる」と頷く。

「多分、苦手な人のほうが読みやすいんだと思う。俺、性格悪いから」

そのまま早乙女が、世間話のような調子で話を続ける。

「……まあ、そのうちわかることだから先に言っておくけど、俺、枕営業とか、そういういかがわしいこと、普通にしてたんだよね。あの星影妃香にも」

「……枕、ですか」

他にコメントのしようがなく、繰り返した高梨に向かい、早乙女はにっこりと、実に愛想よく微笑むと、肩を竦めつつ喋り出した。

「うん。芸能関係では割とポピュラーなんじゃないかと思う。実力者に身体で奉仕して仕事を得るっていうのがさ。映画の主演もドラマの主演もそれでもらえたようなもんだし」

「枕営業というのはいわゆる……」

肉体接待のことかと確かめようとした高梨の言葉に被せ、早乙女が「そう」と笑顔で頷く。

「男に抱かれたり女を抱いたりって、アレ」

「……それでは星影さんともそういう関係にあった、いうことですか」

あまりに軽いといおうか、あっけらかんとしすぎているといおうか。『枕営業』については確かに調べればすぐに判明したかもしれないが、それにしても通常は隠す努力をするものではないのだろうか。

そこまで考えたとき、高梨は視線を感じ早乙女を見やった。

『今、考えていることが大抵わかる』

思考を読めるとさっき彼は言っていたが、今も読んでいるのだろうか。しかし自分はどちらかというとポーカーフェイスで、納のほうが余程、考えていることが顔に出るタイプだと思うのだが、と高梨はちらと納を見やったあと、自分がすっかり早乙女の言うことを鵜《うの》呑みにしていると気づいた。

人の心が読めるだの、未来がわかるだの、そうした能力を持つ人間の存在を完全に否定するつもりは高梨にもない。が、目の前の早乙女にその能力があるかと考えた場合、『ある』と肯定することは少々躊躇われた。

それは本人の見た目や巫山戯《ふざけ》ているとしか思えない態度からの印象もあったが、早乙女が俳優であることもまた、否定的な思いを抱く要因だった。

今まで自分が考えてきたことは、話の流れ上、そう突飛なものではない。ごく当たり前の思考といえる。その『当たり前』を芝居っ気たっぷりに指摘することでインパクトを与えるという手法だったのではないか。

枕営業について自らこのタイミングで明かしたのも、インパクトを与える彼の手法かもしれない。『枕』に目を向けさせ、他の事柄から目を逸らさせる。その場合『他の事柄』というのは何になるのか。枕は十八歳以下でないかぎり犯罪にはならないが、見つかれば逮捕されるようなことを隠そうとしているのでは。

可能性としてあるのは覚醒剤、それから——と、それらのことを高梨は一瞬のうちに考えていたが、早乙女が苦笑しつつ再び喋りだしたことで意識を彼の話へと集中させていった。

「枕について自分から言ったのは、星影妃香のところに昨夜行った理由を説明するのに必要だったからだよ。まあ、信じてもらえないかもしれない……というか、信じろっていうほうが無理だと、俺自身思うんだけどさ」

『枕営業』などという、ある意味とんでもない事柄ですら、なんの躊躇いもなくすらすら話していた早乙女が、ここで珍しく言いよどむ。

「何を信じろと？」

それを聞かない限り信じるとも信じないとも言いようがない。問いかけた高梨の前で早乙女はやはり躊躇いを見せたが、すぐに気持ちを固めたらしく、

「笑わないでよ？」

と少し照れてみせたあと、ようやく彼が信じてほしいということを語り始めた。

「星影妃香のところには社長命令で枕のために行かされてた……けど、実際彼女を抱いたことはないんだ」

「なぜです？」

高梨が聞きたかったことを、納が先に問い質《ただ》す。

「さあ？」

だがその答えを早乙女は持っていなかった。首を傾げてみせながら、

「俺も不思議だったんだよね」

と下卑た笑いを浮かべ言葉を続ける。

「トシが上すぎて裸になるのが恥ずかしかったとか、そういうことじゃない？　行っても酒飲みながら話すくらいだった。その割りに頻繁に呼ばれたなあ。まあ、俺としてもおばさん抱かずにすんで助かってたっていやあ助かってたんだけど」

「……星影さんは『枕』のつもりであなたを呼び出していたんですかね？」

単に話をしたかったのではと問おうとした高梨に早乙女が、

「ないない」

と笑って右手をひらひらと顔の前で振ってみせる。

「話をするだけならそう言うだろ。それに俺、口裏合わせるように言われたし」

「口裏？」

納の問いかけに早乙女が「そう」と笑顔のまま頷く。

「事務所には『寝てる』ってことにしておけってさ。なんなんだろうな、あれは。女の見栄？まだまだ現役だっていう」

「……どうなんでしょうかね」

他にコメントのしようがなく、高梨はそう相槌を打つと、話を昨夜のことに戻そうとし、口を開いた。

「昨夜、あなたが星影さんのマンションを訪れたのは、星影さんから呼び出されたからですか？」

「いや、昨夜は俺が電話した。他の枕の予定が入ってたんだけど、相手の都合でドタキャン食らっちゃって。社長がそれ知ったら、別のところに『枕』に行けって言われるのがわかってたからさ。なんか昨日は疲れてたしそういう気分にもなれなくて、ならおばさんとこ行って楽させてもらおうかと、そう思ったんだよ」

ここまで喋ると早乙女は、さも忌々《いまいま》しそうな顔になり、大きく溜め息を漏らした。

「楽どころか、とんでもない不運を引き当てちゃったけどね」

「不謹慎だろう」

納が高梨の横で憤った声を上げ、早乙女を睨む。

「不謹慎……」

早乙女は納の発言に戸惑った顔になったものの、ああ、と納得したように頷き口を開いた。

「人一人死んでるのに……ってことか。でもさ、納さん」

言いながら早乙女が身を乗り出し、納の顔を覗き込む。

「なんだ」

あまりに近くまで顔を寄せられ、たじろいだ声を上げる納に早乙女が、淡々とした口調で言葉を続ける。

「確かに不謹慎かもしれない。でも考えてみてよ。死んだのは自分とはまったく縁もゆかりもない、よく知らないおばさんだよ？」

「……しかし……」

それにしても、と渋い顔をする納に対し、早乙女が、

「まあさ、俺が帰った直後に殺されたっていうのは確かに、あまり気分のいいことじゃないよな」

と顔を歪める。

「……君なあ」

納が嫌悪感も露《あら》わに早乙女を見やるのを横目に、高梨はなんともいえない違和感が込み上げてくるのを無視できずになっていた。

何かが——おかしい。

これ、と説明できない、もやもやとした思いが高梨の胸に溢れてくる。それで高梨は早乙女の顔をまじまじと見やったのだが、視線を感じたらしい彼は、参ったな、というように苦笑してみせ、ますます高梨の抱く違和感を増幅させてくれたのだった。

# 6

「調べたわよ。早乙女《さおとめ》結姫《ゆうき》と占い師の星影妃香《ほしかげひめか》のこと」

その日の夜、高梨《たかなし》と納《おさめ》は、納お抱えの情報屋である別名新宿二丁目のヌシ、『three friends』というゲイバーのオーナーであるミトモの店を訪れていた。

納の要請で早乙女と星影についての情報を収集したというミトモは、一見、エキゾチックな美人なのだが、その美貌は納曰《いわ》く、類《たぐ》い希《まれ》なるメイクテクの賜《たまもの》ということで、長年の付き合いのある納ですらノーメイクの顔は数えられる回数ほどしか見たことがないという。

「二人の関係は？」

前のめりになり問いかける納に、ミトモが肩を竦《すく》めてみせた。

「『特になし』としか言いようがないわ。でもさ、星影妃香、相当胡散臭《うさんくさ》い噂《うわさ》があるわよ」

『特になし』というミトモの言葉に失望していた高梨と納だが、星影の『黒い噂』は気になり、二人して身を乗り出して問いかける。

「どないな噂です？」

「もったいぶるなよ」

「いやあね。もったいぶってなんてないわよ」

ぷう、と頬《ほお》を膨らませる、いわゆる『ぶりっこ』――しかも年甲斐《としがい》のない――的な表情を浮かべてみせたあとにミトモは『もったいぶってない』という自身の言葉を証明するべく、調査内容を喋《しゃべ》り始めた。

「まずは殺された星影妃香だけど、バックがとんでもなく黒いわ。昇龍会《しょうりゅうかい》……当然知ってるでしょ？」

「はい。最近台頭してきた新興団体ですよね。シャブでもなんでも扱うことで規模を大きくしてきた暴力団」

「昇龍会か……よりにもよってソコとはな」

納が渋い声を上げる。

「なんやサメちゃん、『よりにもよって』ってどないな意味や？」

高梨の問いに納が、顔を顰《しか》めつつ答えを返す。

「恥ずかしい話だが、ウチの署のマル暴もかなり取り込まれているという噂なんだ。昇龍会の収入源は中国マフィアとの覚醒剤取引だが、現場を押さえようとしてもかならず裏を掻《か》かれる。情報が漏れている証拠だ」

「取り込まれてるの、もうちょっと上だと思うわよ」

ここでミトモがなんでもないことを言うかのような軽い口調で納の話を遮る。

「なんだって？　本当か、ミトモ」

納が驚いた様子でミトモに向かい身を乗り出し、直後に、

「嘘つくわけねえか」

とスツールの背もたれに背中を預ける。

「しかし参ったな……。そこまでウチの署が腐ってたとは」

「まあ、大臣やってるような政治家押さえてるくらいだから。所轄の警察を手中に収めるなんて、軽いモンだったんじゃないの」

「昇龍会て新興の団体ですよね。なんでそない、力持っとるんですか？」

高梨の問いにミトモが、

「あくまでも噂よ」

と最初に断ってから心持ち声を潜め、高梨ばかりか納をも酷《ひど》く驚かせる情報を与えてくれたのだった。

「組長がね、もと某有名代議士の隠し子なんですって。そのもと代議士がバックについているから資金は潤沢にあるし人脈も豊富だとか」

「なるほど。もと代議士にとっても悪い話やない、いうことですな。金が金を生むっちゅう意味では」

「そのとおりよ。もと代議士の長男も代議士なんだけど、そのおかげか二人してブイブイい

わせてるわ」

「ブイブイ……死語だろ」

ぼそりと納が呟《つぶや》き、それをミトモが「うるさい」と睨《にら》む。

「そのもと代議士の名は？」

高梨の問いにミトモは、にんまり、という表現がぴったりの笑みを浮かべるとカウンター越しに身を乗り出し、高梨の耳許《もと》に囁《ささや》いた。

「木村幸三郎《きむらこうさぶろう》。ね、手強《てごわ》いでしょ」

「……ほんまですか？　ああ、ほんまですよね」

先ほどの納の真似というわけではないが、ここで嘘をつく理由がないため、言葉を足した高梨を前に、ミトモが苦笑してみせる。

「ええ、ほんま」

「確かに手強いですなあ」

うーん、と高梨は唸《うな》ったものの、表情はそれほど暗くはなかった。

「どこから攻める？」

納もまた、やる気に溢《あふ》れる表情を浮かべ高梨の顔を覗《のぞ》き込む。

「……せやな」

思考力を働かせようとした高梨だったが、まだミトモから完全に情報は引き出せていないと気づき、視線を彼へと向けた。

「すんません、星影妃香のバックが昇龍会やということやったけど、星影の集めた情報を昇龍会は利用しとったいうことでよろしいか」

「ええ、そうね。結果、多額の金が昇龍会に流れ込んでるわ」

「星影と早乙女結姫の二人ですが、ほんのちょっとした繋《つな》がりでもええんやけど、ほんまになんも出ませんでしたか？」

「それが今のところ、何も出てこないのよ」

ミトモがバツの悪そうな顔になり肩を竦める。

「なんだ、手こずっているのか。お前にしては珍しいな」

納としては嫌みのつもりはなかったようだが、ミトモはかちんときたらしく、じろりと彼を睨むと、ふん、とそっぽを向いた。

「手こずってるわけじゃないわ。実際、早乙女の情報はかなり集まってるし」

「どないな情報です？」

枕営業についてだろうか。そう予測しつつ問いかけた高梨にミトモが、またもカウンター越しに身を乗り出し耳許に囁こうとした。

「いいから、大きな声で言え。俺ら以外に客なんていねえんだからよ」

それを納が呆《あき》れた口調で妨害する。

「あらやだ、やきもち？」

ふふ、とミトモが笑い、納が「アホか」と呆れてみせる。

「枕ですか？」

そんな二人のやり取りは微笑《ほほえ》ましくはあったが、やはり情報はすぐにも得たい、と高梨は身を乗り出しミトモに問いかけた。

「そう。彼の所属している芸能事務所の吉野《よしの》社長がえげつないことで有名でね。ああ、そうだ、ここでも昇龍会の名前が出てくるのよ」

「吉野と昇龍会が繋がっとる、いうことですか？」

「そう。あの事務所も昇龍会の貯金箱って感じ。昇龍会の息のかかった代議士がなんと、吉野社長の義理の弟なんですって。そのせいもあって所属タレントは政財界のお偉方に自分の仕事とは関係なく、ほとんど枕をやらされてるわ。その中でもダントツで貢献してるのが早乙女結姫ってわけ」

「早乙女は星影妃香のところにも枕に行かされていたと言ってます。性的関係は結んでいないとも言っとりますが」

「枕営業については肯定してるのに、セックスはしてないって言ってるの？　なんかそれ、意味なくない？」

へんなの、と首を傾《かし》げるミトモに「変ですよね」と高梨も相槌《あいづち》を打つ。

「単に、星影妃香とは関係が薄いってことを言おうとしてたんじゃないのか？」

納の発言に高梨は、

「まあ、そういうことなんやろうけど」

と頷《うなず》いてみせつつも、肯定しかねる、と首を傾げる。

「話をするためだけに呼び出しとった、いうんは別の意味の特別感があるんちゃう？」

「痴情のもつれで殺したわけではないと、奴は主張してるだけじゃないのかなあ」

納もまた、高梨の意見には同調しかねると思ったらしく、首を傾げつつ反論してくる。

「痴情のもつれか……」

高梨は呟くと、二人のやりとりを幾分冷めた目で見ていたミトモへと改めて視線を向けた。

「星影妃香が誰かの愛人やった、いう話はないんですか。たとえば昇龍会のトップとか」

「そうした話は出なかったわね。まあ、彼女、美人ではあるけれどトシもトシだし」

「そもそもどうやって星影妃香は名を売ってきたんです？」

高梨の問いにミトモが「聞いた話では」と即答する。

「もともと原宿の占いビルで、結構当たる占い師として有名だったんですって。それで昇龍会に目をつけられたみたい。何せあの美貌だしね。もと大部屋女優だったそうよ。星影妃香っていうのは芸名で、本名は星野《ほしの》香《かおる》っていうんですって。女優としては芽が出なかったから占い師に転向したって話だけど、占いの能力についても、突出しているわけじゃなかったらしいわ。『当たる』という人もいれば『ピンとこない』という人もいるって感じで」

「昇龍会がカリスマ占い師に仕立て上げた、いうことですか」

高梨の言葉にミトモが「そうよ」と頷く。

「となるとやはり、愛人関係にあったんじゃないのかね」

昇龍会の誰かと、と納が口を挟んでくるのにミトモは「そんな噂は立ってないわね」とすぐさま否定してみせた。

「占いか……」

ぽつり、と高梨が呟いた言葉に、ミトモが食いついてきた。

「高梨警視は占い、信じる派なの？　意外ね。リアリストかと思ってたわ」

「どちらかというと否定派ではあります。未来が最初から決まっとる、いうことに違和感を覚えるいうか」

「運命は自分で切り開いていくものだっていうこと？　いかにも高梨警視らしい発言ね」

ミトモが感心した様子で頷いてみせる。

「そうありたいとは思うとりますけどね」

そんな彼に苦笑しつつ頷いた高梨の脳裏には、早乙女の影があった。

自身の思考を悉く《ことごと》、彼には読まれた。偶然というにはできすぎという気もする。が、それほど突飛なことを考えていたわけではないので、当てずっぽうと考えることもできなくはなかった。

俳優だからこその演技力による『ハッタリ』だったのかもしれない。そんなことを考えていた高梨の横から、納がミトモに問いかける。

「早乙女の情報がかなり集まってるって言ってたよな?」

「ええ、でもほとんどが枕の情報。それでブレイクしたっていうのもあるだろうけど、若いのに悟ってるっていうか、男でも女でも寝まくってるわ。まあ、本人が望もうが望むまいが、吉野社長がやらせているんだろうけど」

「吉野社長の言いなり、いうわけですか」

「いくら有名になるためとはいえ、親が知ったら泣くだろうに」

まったく、と溜《た》め息を漏らした納にミトモが、

「親、いないそうよ」

とすかさず答えた。

「いない?」

「ええ、十八まで神奈川の施設で育って、高校卒業後、上京してウエイターのバイトをしているところをスカウトされたっていうのがプロフィール。『ウエイターのバイト』以外は正しいはずよ」

「もっとヤバげなバイトだったたってことか?」

納の問いにミトモが無言で頷いてみせる。

「ただ、事務所としてはお涙頂戴《ちょうだい》的な売り方はしたくないということで、このプロフィールを前面に押し出すことはしてないわ。映画で主演男優賞でもとったら、そのときにはテレビのバラエティかなんかで、壮絶過去、それを乗り越えて……みたいに発表する可能性はあるけど、どちらかというと爽《さわ》やかイケメンキャラで売りたいようよ」

「なるほど……社長以外に頼るところがないから、枕を強要されても断る術《すべ》がないと……」

そういうことか、と頷く高梨にミトモはまたも無言で頷いてみせたものの「ただ……」と言葉を足した。

「なんです？」

「あまり悲壮感はないのよね、彼。それに、そんなに仕事に対してガツガツもしていないんですって。何考えているかわからないってことから、『枕』の相手の中には、人形みたいだって言ってた人もいるそうよ。『マグロ』って意味も込められてるんだろうけど」

「ソレ、お前の主観だろ？」

納の突っ込みにミトモが「悪い？」と彼を睨む。

「確かに、摑《つか》みにくいキャラクターではありました」

そんな二人も高梨が事情聴取での早乙女を思い出しつつそう言うと、言い争いをやめ彼へと視線を向けた。

「若者には珍しい厭世観《えんせい》みたいなものを感じた、いうか……」

「主演ドラマと映画がパァになったからじゃないのか？」

「それもあるやろうけど、なんちゅうか……上手《うま》く言えへんのやけど」

うーん、と唸る高梨に納が「そうかね」と首を傾げる。

「新宿サメは鈍感だから気づかなかったんじゃないの？」

ここで意地悪くミトモが突っ込んできたため、納がいつものように「うるせえ」と吠《ほ》え、またも二人の口喧嘩《くちげんか》が始まりかけたが、すぐさまミトモが何かを思い出したような顔になり高梨へと視線を向け口を開いた。

「そうそう、早乙女結姫、本名じゃないのよ。いかにも本名っぽく名乗ってるけど、さすがに男に『姫』という漢字は使わないわよね」

「本名は？」

「結人。『姫』じゃなくて『人』で『ゆうと』っていうんですって。名字の『早乙女』は本名みたい」

「そうなんですか……」

早乙女の外見に『姫』という漢字は実にはまっていた。そのため違和感を覚えなかったが、確かに男にはつけない漢字だろう。

芸名をつけたのは吉野社長なのか。だとしたらセンスがあるなと高梨が一人そんなことを考えていたそのとき、カランカランとドアにつけられたカウベルの音が高く鳴り響いたかと思うと、一人の客が颯爽《さっそう》と店内に入ってきた。

「ごめんなさい、今日、貸切なのよ」

『closed』の札、見えなかった？　と続けようとしたミトモが、店に入ってきたのが誰かに気づいてあからさまに不機嫌な顔になる。

「悪いけどあなた、ウチの店には出入り禁止よ」

「出入り禁止？　なぜだい？　理由を教えてほしいね」

不満そうに言い返してきた男を、高梨と納は、やれやれ、と溜め息をつきつつ振り返った。

「やあ、高梨警視」

視線を受け、にっこりと笑いかけてきたのはアランだった。手には角2サイズの封筒を持っている。

「探したよ。君にこれを渡したくて」

そう言い、その封筒をすっと差し出してきたアランは、高梨が封筒を受けとると満足げに笑い、彼の隣のスツールに腰を下ろした。

「シャンパンをくれ」

「あんた、アタシが言ったこと、聞いてなかった？　あんたはこの店、出禁なのよ！」

ミトモが吠える声を聞きながら高梨は渡された封筒の中から書類を取り出したのだが、英文の書類を数行読んだ時点で驚きの声を上げ、アランを見やった。

「アランさん、これは……」

「星影妃香の顧客リストだ。警察が困っていると聞いて独自に調査させた。信憑性《しんぴょうせい》は僕が保証するよ」

「……すげえな」

横から覗き込もうとする納に対し、アランが挑発的な声を上げる。

「君には見せると言っていないよ。納刑事」

「……え？　あ、ああ。すまん」

戸惑いつつも納が目を逸《そ》らせる。それを見た高梨は苦笑し、書類をアランに差し出した。

「なんだい？　高梨警視」

「お返ししますわ。そもそも情報を提供してもらういわれもありませんし」

「なぜだ。君たちはこの店に情報を得るために来ているんだろう？」

アランが不思議そうに目を見開く。

「情報屋のミトモさんからは情報を買うけれど、僕が提供する情報はもらってもらえないんだ？　その理由は？」

「あんた、さっきから何言ってんの」

ミトモがむっとした声を上げたが、それが『情報屋』と明かされたことを否定しようとした演技であると、アランはすぐさま見抜いた。

「あなたの評判はすこぶるいいですね、ミトモさん。あなたに対抗するためには人脈のない僕は金を使うしかなかった。尊敬しますよ。嫌みでもなんでもなくね」

優雅に微笑みアランはそう言うと再び、

「シャンパン」

と注文の品を口にする。

「……………」

ミトモはそんな彼を睨んでいたが、やがて、やれやれ、というように溜め息を漏らすと、不機嫌な顔のままカウンターに屈《かが》み込み、冷蔵庫からシャンパンを取り出した。

「モエ・エ・シャンドンか。どちらかというとヴーヴ・クリコのほうが好きなんだが」

「文句言うなら出さないわよ」

残念そうな声を出すアランに愛想なくミトモが返す。

「文句は言わないよ。ただ、今後はヴーヴ・クリコを用意しておいてくれ」

アランはミトモの機嫌にはまったくかまわず笑顔で返すと、書類を差し出したままでいた高梨へとようやく視線を戻した。

「僕からの情報も買ってほしい。報酬は金でなくていい。迅速な犯人の逮捕で。必要とあらばその情報は共有してくれていいよ。勿論《もちろん》納刑事にも。さっきのは僕の大人げないジェラシーだ」

「ジェラシー？」

高梨が首を傾げる横で、納が「誤解だって言ってんだろ」と辟易《へきえき》した声を上げる。

「サメちゃん？」

意味がわからず高梨が問いかけたそのとき、ミトモがアランの前にシャンパングラスを置いた。

「ありがとう、ミトモさん」

アランが微笑み、グラスを手にとると一同を見渡し掲げてみせる。

「一日も早い犯人逮捕を祈って。乾杯」

そうして一気に飲み干すとグラスをカウンターに下ろし、スツールから降りた。

「第二弾として星影妃香、本名星野香の経歴を今、調査依頼中だ。明日には届くだろう。入手次第、警察に届けるよ」

「いや、アランさん、もうこうしたことは……」

遠慮する、と高梨が言おうとするのをアランは聞いてはおらず、

「ミトモさん、いくらです？」

と視線をミトモに向け問いかけた。

「ここの支払いは我々がしますよって」

情報供給に対する謝礼を受け取ってくれる気配のないことに対し、高梨がそう申し出るとアランは案外あっさりそれを受け入れた。

「そう？　ならお願いするよ。それじゃ、また」

笑顔で軽く一礼したあと、彼が店を出ていく。カランカラン、とまたもカウベルが鳴り響いた直後、ミトモの怒声が店内に響き渡った。

「なんなのよ、あれはっ‼」

「ミトモさん、落ち着いてください」

ああ、もう、悔しい、と喚《わめ》き散らすミトモを「まあまあ」と宥《なだ》めながら高梨は、そういえば、と憔悴《しょうすい》しきった顔をしている納を見やり問いを発した。

「サメちゃん、何が『誤解』なんや？」

「それは……」

言いよどむ納に代わり、ミトモが興奮した様子のまま喚き散らす。

「やっぱりアタシはサメ推しよ！　チーム納としてなんとしてでもアランを打倒してやるわ！」

「チーム納？　サメ推し？」

どういうことだ、と首を傾げるのは高梨ばかりで、当の納は「カンベンしてくれ」と頭を抱えてしまっている。

アランが納と富岡《とみおか》との仲を勘ぐり、勝手にライバル視しているという事実を高梨が知るまでには、ミトモの興奮が収まり、納が我が身の不運から立ち直るための時間を要することになった。

アランが提供した星影の顧客リストは、翌朝開催された捜査会議で早速捜査員たちに配布された。

「しかし凄《すご》いですね。大手ばかりだ」

竹中《たけなか》が感心した声を上げる横で、同僚の山田《やまだ》が「本当に」と頷く。

「しかし聞き込みに行ったところで、門前払いがオチっぽいよな」

山田の言葉に竹中が「まあ、そうだよな」と頷き返し、どうしましょう、というように高梨へと視線を向けてきた。

「外部から提供された情報に頼り切ってどうする。刑事なら自分らの足で稼がんでどないするんや?」

「……ですよね」

「すみません、すぐ向かいます」

すっかり気持ちが引き締まった表情となった竹中と山田が会議室を飛び出していく。彼と入れ替わりに部屋に入ってきたのは納だった。

「高梨、今、受付にごろちゃんが来ているそうだ」

「え？　ごろちゃんが？」

どうして、と目を見開いたものの、待たせるのは気の毒だと慌てて受付へと走った。

「ごろちゃん！」

「ごめん、良平《りょうへい》、今、大丈夫か？」

「ごろちゃんこそ、会社はどないしたん？」

午前十時という時刻ではすでに勤務時間中のはずである。そう思い問いかけた高梨に田宮《たみや》は肩を竦め答えを返した。

「アランに頼まれたんだ。これをすぐに良平に届けてほしいって」

「アランさんに？」

どうして、と眉を顰《ひそ》めた高梨に田宮は封筒を渡しつつ、「なんでも」と言葉を続けた。

「俺が届ければすぐに良平は目を通すだろうからって……それほど重要な事実が判明したっていうんだけど……そうなのか？」

田宮から受けとった封筒を開き、書類を取り出す。昨日の調書も英文だったが、今日のもまた英語で書かれたものだった。

「読んでもいいって言われたんだけど、英語だと読む気力がなくて」

恥ずかしそうに告げる田宮が英語を不得手としていることは高梨もよくわかっていただけに微笑み頷いたのだが、目に飛び込んできた書類に記載されている内容のとんでもなさには田宮へのフォローを忘れ、思わず驚きの声を上げてしまっていた。

「なんやて？」

「ど、どうした？　良平」

問いかけてくる田宮に対し、答える余裕もないほど、高梨は驚愕《きょうがく》してしまっていた。

「かんにん。ああ、アランさんによろしく伝えてや」

それだけ言葉を残すのがやっとで、田宮が「わかった」と訝《いぶか》りつつも言葉を返すのを聞くことなく、捜査会議の開かれていた会議室へと駆け戻る。

「サメちゃん！　課長！」

多くの捜査員たちは聞き込みのために既に外出をしており、室内には高梨と共に聞き込みに行くはずの納と、捜査会議の指揮を執《と》っていた新宿署の若き納の上司のみが残っていた。

「どうした、高梨」

「なんですか、高梨警視」

戸惑いの声を上げる二人に高梨は、今、田宮から渡されたばかりの書類を差し出した。

「英語か」

顔をしかめる納の横で、冷静な素振りで書類を受けとった課長が、目を通した直後、今までの冷静さはどこへやら、驚きの声を上げる。

「本当なんですか、これは」

「すみません、なんて書いてあるんです?」

納が恥ずかしそうに問いかけ、課長と高梨を代わる代わるに見やる。

「わからないのか?」

不思議そうに問いかける課長にとっては、世の中には英語を苦手としている人間が多数いるということが理解できないのだろう。さすが年若きキャリアだと内心苦笑しつつ高梨は納にあまりに衝撃的な内容を教えたのだった。

「星影妃香と早乙女結婚な……親子やそうや」

「なんだって⁉」

納もまた、仰天した声を上げ高梨に向かってきた。

「それ、お互いに知ってたのか?」

「どうやろ……そこまでは書いてないわ」

だが――少なくとも星影は知っていたのではないか。だからこそ『枕』と称して早乙女を呼び出していたのではないのか。

二人が親子であるということが事実であるのだとしたら、事件はどのような様相を呈してくるのか。

予測できるようでできない。一人溜め息を漏らす高梨の脳裏にはそのとき、少し影を湛《たた》えた早乙女の、非の打ち所のない美貌が浮かんでいた。

7

新宿署から戻った田宮を、アランが笑顔で出迎えた。

「ご苦労だった。君の高梨警視は驚いていただろう？」

「アラン、なんだよ、それ。田宮さんをまさかパシリとして使ったわけじゃないだろうな？」

田宮が答えるより前に富岡が横から憤った声を上げアランに食ってかかった。

「パシリになどしていないよ。吾郎《ごろう》の最愛の人に手柄を立ててほしくて、それで調査書を届けてもらったのさ」

アランが涼しい顔で答え、ね、と田宮に笑いかけてくる。

「きっとすぐにも事件は解決し、高梨警視は警視総監から表彰状の一通や二通、貰《もら》えるんじゃないかな」

「……それなんだけど、アラン、君の意図はよくわからないけど、もうこれ以上の協力を警察は求めていないと思うよ」

アランの情報は確かに役に立つものであろう。それは前に富岡が巻き込まれた事件のときからもよくわかっていた。が、警察がそれを欲しているとは思えない。

金に飽かして得た情報は、有益ではあろうが、本来なら警察が得られるものではない。それがあれば確かに捜査は進むだろうが、それでいいのかという思いを高梨は抱いているのではないか。田宮はそう思わずにはいられないでいた。

それで、余計なお世話かと思いながらもそう告げたのだが、それを聞き、アランは心底不思議そうな顔になった。

「どうして？　助かると思いこそすれ、拒絶する必要はないと思うけど」

驚きの声を上げたあと、「ああ」と少々納得したように言葉を続ける。

「面子《メンツ》か？　くだらないな。面子より実を取ったほうがいいじゃないか」

「そういうことじゃない。君には理解できないと思うけど」

ここでアランに言い返したのは、田宮ではなく富岡だった。

「雅巳《まさみ》、決めつけはやめてほしい。なぜ僕には理解できないと思うんだ？」

不本意だ、とアランが富岡を睨む。

「実際、理解できてないだろう？」

「くだらない面子については確かに理解できないし、理解したいとも思わないけど？」

アランが不満そうに言い返すのに富岡は、

「くだらなくはないんだよ」

と言うだけで、それ以上そのことを掘り下げようとしなかった。

「僕としては警察の役に立ちたかったというだけだ。勿論、納刑事を出し抜きたかったという気持ちはあるが」

「納さん？」

なぜここで彼の名が？　と疑問を覚えたがゆえに問いかけた田宮に、逆にアランが問いかけてきた。

「吾郎、君にも聞きたい。僕と納刑事、どちらが人間的に勝っていると思う？」

「はぁ？」

意味がわからず、田宮が高い声を上げる。

「馬鹿か」

吐き捨てる富岡にアランが「馬鹿じゃないよ」と言い返す。

「馬鹿だろ？　納さんがなんでここで出てくるんだか。意味がわからない」

「君にとっての納刑事の存在が、どれほどのものなのかを理解したら僕の不安も消えるんだ。ねえ、雅巳、君が少しもあの納刑事には惹《ひ》かれていないと、ここで断言しておくれよ」

切々と富岡に訴えかけるアランを前に、田宮はそういうことか、と納得しつつも、納と富岡が？　とあり得ないカップリングに戸惑いを隠せずにいた。

「馬鹿馬鹿しい」

富岡が吐き捨てると、アランは今度田宮へと視線を向け、熱い口調で問いかけてきた。

「吾郎、それなら君が教えてくれ。納刑事と僕、どちらが魅力的だと思う？」

「え？」

お鉢がこちらに回ってきたことに戸惑いながらも田宮はどう答えようかと迷ったものの、アランが、

「納刑事はそうも魅力があるのか？」

と問うてきたのには、これなら答えられる、と大きく頷いた。

「納さんはいい人だよ」

「なんと……吾郎も納刑事の味方か……っ」

それを聞き、アランが天を仰ぐ。

「いや、敵とか味方とか、そういうんじゃなくて……」

第一富岡は納にそうした意味での好意を抱いていないだろうし、納もまたそうだろう。それをわかってほしくて言葉を足そうとした田宮の言おうとすることを、アランは既に聞いていなかった。

「もういい。僕は孤立無援だ。でも決して負けない。彼にだけは！」

堂々と宣言するアランの声がフロア中に響き渡る。

「……もう、カンベンしてほしいですよ」

富岡が困り切った声を上げ、田宮に救いを求める目線を向けてきた。

「……うん……」

慰めの言葉を告げたい。が、一つとして思い浮かばず、田宮は同情の意味を込めて頷いたあとに、

「ところで」

とアランに向かい問いを発した。

「あの調書、何が書いてあったんだ？」

「読んでいいといったのに、吾郎は読まなかったのか」

それまで一人の世界に入り込んでいたアランは、田宮の問いに呆れた様子で答えはじめた。

「好奇心というものがないんだな。君は僕の知る中で一番か二番目にいい奴だ」

「……いや、そうじゃなく……」

英文を読む気力がなかっただけなのだが、それを伝えるより前にアランは喋り出していた。

「星影妃香と早乙女結姫は親子だとわかった」

「ええっ⁉」

「マジかっ⁉」

田宮と富岡、揃《そろ》って驚きの声を上げ、互いに顔を見合わせる。

「まさに衝撃の事実ですよね……となると、犯人は早乙女結姫ではないってことか」

母親を息子が殺すというケースはないでもないだろうけれど、と続ける富岡に田宮は、

「だよな……」

と頷きながらも、星影妃香の顔を思い起こしていた。

神秘的で、綺麗な顔だった。彼女の顔にテレビでよく観る早乙女結姫の顔を重ねてみる。

似ているとは思えなかった。が、敢《あ》えて『似ていない』ように星影はメイクや髪型に気をつけていたのかもしれない、と思い直す。

「……親子、か……」

占い師と顧客というわけではなく、母と子が人目を忍んで会っていたということか。田宮の耳には当然ながら、早乙女の『枕』発言など入っていないいためそう判断し、ほのぼのとした思いまで抱いていた。

「しかし二人が親子ということがわかったところで、捜査の進展にはそう関係ないんじゃあ？」

富岡がぼそりと呟いたのを聞き、アランがさっと顔色を変えた。

「君はそこまで僕のしたことを無意味にしたいのか」

「だからどうしてそうなるんだか」

一般的な意見を言っただけだ、と富岡は縋《すが》ってくるアランからひょいと逃げると、改めて彼を睨んだ。

「これ以上、警察の捜査に首を突っ込まないほうがいい。よかれと思ってしていることなんだろうが、実際、迷惑をかけているに違いないから」

「なぜ迷惑と？　情報は確実に捜査に役立っていると思うが？」

アランもまた富岡を睨み言い返したが、続く富岡の言葉には、う、と詰まることとなった。

「その情報の出どころについて警察は何も言えないだろ。アメリカ人の富豪がボランティアで調査してくれた、なんて本当のことが世間にばれようものなら、大騒ぎになる。そのくらい、想像力のないお前でもわかるよな？」

「……それは……」

アランは一瞬黙り込んだあと、何かを言いかけたものの、結局は言い返すべき言葉を持たなかったらしくがっくりと肩を落とした。

「…………」

富岡は確かに正論を言っている。田宮もまた彼とは同じ考えを抱いていたのだが、アランの落ち込みぶりをみるとフォローしてやりたくなった。

それを見越したように富岡が、じろ、と田宮を睨む。

「駄目ですよ、田宮さん。甘い言葉をかけるとすぐ図に乗りますから」

「…………まあ、そうだろうけれど」

ますます厳しい、と首を竦めた田宮の前で富岡が言葉を続ける。

「甘やかした結果、また同じ事をやられちゃ困るのは高梨さんなんですから。ここは田宮さんも厳しく言ってください」

「……ありがとう、富岡」

アランに厳しいその理由が高梨を思いやってのことだったとは。そこまで思い至らなかった自分が恥ずかしいと田宮は富岡に対し深く頭を下げた。

「勿論、アランを痛めつけたいという気持ちもありますけどね」

富岡がぱちりとウインクしそんなことを言ってくる。これもまた自分に気を遣わせまいという彼の優しさとわかるだけに田宮は再度「ありがとう」と礼を言い、照れたように笑った富岡に感謝の眼差《まなざ》しを向けたのだった。


その頃、高梨と納は再び任意同行を求めた早乙女と新宿署内の会議室で向かい合っていた。

「凄いな、警察って。どうやって調べたの？」

星影との親子関係を尋ねると、早乙女は簡単に認めた上でニュースソースを尋ねてきた。

「それはご勘弁を……」

アランが雇った米国の調査会社の報告書にあったとはとても言えず、高梨は適当に言葉を濁すと改めて早乙女に尋ねた。

「ご存じやったんですね」

「星影さんもご存じでしたか？」

横から納が尋ねたのに、早乙女は、

「多分」

と首を傾げつつ答え、高梨と納に顔を見合わせさせた。

「『多分』いうんは……」

「そのことについて、お互い確認しあったことないんだ。でも、向こうも知ってたからこそ俺と寝なかったんじゃないかなと思ってさ」

「せやったんですか」

高梨は驚きをもって早乙女の端整というにはあまりあるほど整った顔を見やった。

「どうして確かめなかったんです？」

納もまた驚いているようで、身を乗り出し早乙女に問いかけている。

「俺が確かめなかったのは、まあ……面倒だったから？」

向こうの事情は知らない、と肩を竦めた早乙女に尚も納は食い下がった。

「面倒ってどういう意味です？」

「サメちゃん」

高梨が納を制したのは、親子関係を互いに確認していないということは事件とそう関係があるとは思えなかったからだった。

デリケートな問題に警察の捜査であるという理由でズカズカ入り込むのはどうかと思う。その思いから高梨は別の問いをかけようとしたが、そのとき早乙女が高梨を見てにっこり笑った。

「別にいいよ。ズカズカだなんて感じないし」

「……っ」

思考をまた読まれた、とぎょっとした高梨に、早乙女が微笑みながら言葉を続ける。

「星影妃香って売れない女優で、それこそ枕かなんかで妊娠し、俺を産んだんだって。でも育てきれなくなって、俺が五歳のときに自分の母親に預けて、その母親が亡くなったあとも引き取らなかったんだってさ。で、俺は施設に入ることになったってわけ」

早乙女はここで苦笑というには苦々しすぎる笑みを浮かべ、再び肩を竦めてみせた。

「そうまでしてしがみついた女優業ではさっぱり芽が出ず、インチキ占い師に転向したっていうのが笑えるよな」

「そのお話はどなたからお聞きになったんです？」

お互いに確認していないのなら、二人の親子関係を知る人間が他にいたとしか考えられない。それは誰だ、と問いかけた高梨に早乙女は意外な答えを返して寄越した。

「誰もいない」

「そしたらなんで……」

そんな事情を知っているのか、と眉を顰めた高梨の、その眉をますます顰めさせることを早乙女は口にする。

「星影妃香の心を読んだんだよ。さすが親子なだけに彼女とは相性がよくて心の声がダダ漏れだった。彼女の未来も見えたよ。まともな死に方はしないと思ってた……けど、それを伝えようとも思わなかったな。言ったところでどうせ信じなかっただろうし」

「早乙女さん、本当に星影さんとは親子関係を確認しあったことはないんですか？」

納が苛《いら》ついた声を出す。

「ない……けど、心を読むなんて調書に書けないっていうのなら、確認しあったってことにしておいてもいいよ。星影妃香は捨てた息子に泣いて詫《わ》びたとか、適当にさ」

「適当って、あのねえ」

納がますます憤ってみせるのを、高梨は再び「サメちゃん」と制すると、やれやれというように溜め息をついていた早乙女を真《ま》っ直《す》ぐに見やり口を開いた。

「星影さんがまともな死に方をしない、いう未来も読んだとさっき仰《おっしゃ》いましたが、いつ、どのように亡くなられるかもわかってはったんですか？」

「へえ、高梨さんは俺の言うこと、信じてくれたんだ。こんな夢みたいな話なのに」

はは、と笑う早乙女の言葉に高梨は微笑むのみでコメントは一切しなかった。

実際、高梨は早乙女の『心を読める』という言葉を信じているわけではない。自分の思考を、それこそ文言そのままに早乙女には読まれはしたが、だからといって早乙女に予知能力があるという主張は到底受け入れられなかった。

心理学を極めれば、相手の考えていることを容易に読み取ることができる等、他に方法があるのではと高梨は考えたのだが、それと早乙女が星影の危機を察していたというのは別の話ととらえていた。

『未来を予知』したのではなく、誰かから聞いたのではないか。その『誰か』は星影本人なのか、それとも星影を亡き者にしようとした人間なのか。

星影本人という可能性のほうが高いように一見思えるが、実はそうではないのでは、と高梨の刑事の勘が告げていた。

「刑事の勘か」

またも高梨の心を読んだかのように早乙女が苦笑しつつそう告げ、顔を覗き込んでくる。

「高梨さんはリアリストの割りに、『刑事の勘』とかは信じるんだ」

「おい、君、一体何を言ってるんだ」

「……サメちゃん、ええて」

憤る納を諌《いさ》めるのが一瞬遅れたのは、あまりに自分の考えたとおりの『言葉』を早乙女が再現してみせたためだった。

どういう仕掛けなんだ――ごくり、と思わず唾《つば》を飲み込んだ高梨に向かい、早乙女がにやりと笑いかけてくる。

「仕掛けなんてないよ。それに、星影妃香を殺そうとしているなんて情報を俺にもたらした人間もいない。俺には彼女の未来が見えた。恐怖に打ち震えながら死んでいくその姿が」

そこまで言うと早乙女は、あはは、と、箍《たが》が外れたように高い笑い声を上げはじめた。

「ふざけるなよ？　おい、黙れ」

彼を制するのは納のみで、高梨はすっかり言葉を失ってしまっていた。

彼の予知能力は本物なのか――？　いや、そんなはずはない。予知能力で殺人を予見したなど、あり得るはずがない。

動揺する高梨に対し、早乙女が同情的な眼差しを向けてくる。

信じてしまえば楽になれるものを。そう言いたげな彼の表情には勝ち誇ったところがまるでない。そのことにますます追い詰められる思いを抱きながら高梨は、早乙女の美貌を前に声を失っていた。

「えー、親子だったの？　初耳よ？」

その日の夜、高梨と納はミトモの店を二人して訪れていた。

「二丁目のヌシの耳にも入らない情報があるんだなあ」

納がなんの嫌みもない口調でそう告げる。

「感じ悪」

だが相当気に障ったらしく、ミトモはじろりと納を睨んでそう言うと、いきなり彼のボトルから酒を自分のグラスにどばどばと注《つ》ぎ始めた。

「お、おい」

納が慌てて止めようとしたときにはすでにボトルは空《から》になっていた。

「お前なあ」

「さあ、ニューボトルよね」

ミトモは涼しい顔でそう言うと、背後の棚から新しいボトルを取り出し納の名が書いてある札を掛け替えた。

「ぼったくりバーかよ」

やれやれ、と溜め息をついていた納だが、横に座る高梨が一言も発しないのが気になったらしく、顔を覗き込んできた。

「どうした、高梨。まさかと思うが昼間の早乙女の言葉を信じてるわけじゃないよな?」

「まあ、信じられんやろ」

高梨は苦笑しそう答えたものの『信じていない』と断言することはできなかった。

この世に不思議なことは起こり得るのかもしれない。全否定はできないながらも、事件の捜査に関しては『不思議なこと』では片付けられないがゆえに、そうした超常現象は『あり得ない』と断言するしかない。

そのために高梨の答えは『信じられない』というものになったが、心情的には『あり得ない』とはいいきれないものがあった。

「なんの話?」

ミトモがカウンター越しに身を乗り出し、問いかけてくる。

「それより、星影妃香と早乙女結姫について、なんぞ新たな情報は集まりましたか?」

頭を切り換えよう、と心の中で呟くと高梨は笑顔を作りミトモに逆に問いかけた。

「直接の関係性はあまりないのよね……でも、親子と聞いてちょっと納得したのは、よくよく聞いてみると星影妃香、映画関係者にもドラマ関係者にも、やたらと早乙女結姫を推してたそうなのよ。アタシはてっきり、早乙女の事務所の——吉野社長からの依頼かと思ってたんだけど、事務所からそんなにお金は流れてなさそうで、どういうことなのかしらと疑問だったの。息子を思う母心というのならよくわかるわ」

「そない推しとったんですか?」

高梨の問いにミトモが「ええ」と頷く。

「不自然には思われなかったのかね」

首を傾げる納に高梨が、

「そこで『枕』が生きてくるんやろ」

と自身でも納得しつつ答えを返した。

「なるほど。だから頻繁に呼び出していたのか。誰にも——それこそ吉野社長にも怪しまれないように」

頷く納の前でミトモが、

「でもさあ」

と眉を顰め、口を挟んでくる。

「それって星影妃香が殺されたこととはあまり関係ないんじゃないの？　実際、二人が親子だということを知っている人間はいないみたいだし」

「……ですな」

「そうだなあ」

高梨と納、二人して頷き合ったそのとき、高梨の携帯が着信に震えた。

「なんや」

携帯を取り出した高梨は、ディスプレイを見てすぐさま応対に出た。

「はい、高梨」

『警視、大変です。今度は吉野社長が殺されました』

電話をかけてきたのは高梨の部下の竹中だった。焦《あせ》りまくった声で彼が告げた内容を聞き、高梨は驚きのあまり大きな声を上げていた。

「なんやて？」

『現場は神楽坂《かぐらざか》にあるガイシャのマンションです。これからすぐ向かえますか？』

「ああ、行く。住所を教えてくれ」

高梨の様子から納やミトモも、とんでもないことが起こったと察したらしく、息を詰めるようにして高梨の電話に耳を傾けていた。

「そしたらすぐ行くわ」

電話を切った高梨に納が「どうした」と問いかける。

「吉野社長が殺されたそうや」

「なんですって？　じゃあ、やっぱり星影妃香の事件もそれ絡みだったってこと？」

ミトモが意外さから高い声を上げたのに、高梨は「どないやろ」としか答えようがなく肩を竦めた。

「ともあれ、行きますわ。おいくらですか？」

「あとでいいわ。アタシも吉野社長についてもうちょっと調べてみる。胡散臭い、黒い、昇龍会とつながってる……叩《たた》けばいくらでも埃《ほこり》は出そうだったから」

「すんません、頼みます」

お礼と謝礼はそんときに、と高梨はスツールを下りると、既にスツールから下りていた納を振り返った。

「行くで、サメちゃん」

「おう」

納が頷き二人してミトモの店を駆け出す。

「吉野社長が殺された理由は一体なんだ？　星影妃香の事件と関係あるのか？」

「わからん……けど、タイミングがタイミングやからな」

ないとはいえないだろう。答える高梨の脳裏に、ふと、早乙女結姫の顔が浮かんだ。

『仕掛けなんてないよ。それに、星影妃香を殺そうとしているなんて情報を俺にもたらした人間もいない』

妖艶《ようえん》に笑う美貌の青年。果たして彼はこの事件に関係あるのか否か。

まずは現場を見ることだ。取りあえず今は不可思議な現象については目を逸らせていよう。自身にそう言い聞かせると高梨は、

「急ぐで」

と納を急《せ》かし、タクシーを捕まえるべく大通りに向かったのだった。

「ああ、警視、こっちです」

神楽坂のマンションに到着すると、エントランスで高梨が来るのを待っていたらしい竹中が大きく手を振り高梨と納を中へと導いた。

「死因は？」

「毒殺です」

「毒殺？」

意外さから高梨が思わず高い声を上げ、納もまた首を傾げる。

「毒殺って、毒は何に入ってたんだ？」

「ワインです」

「ワインか……発見者は？」

「それが……」

ここで竹中が言いよどんだ、その理由を高梨は直後に知ることとなった。

「……早乙女結姫なんですよ。社長に呼ばれていたとかで、指定された時間に来たら吉野社長が床に倒れていたと」

「早乙女……結姫……」

まさか彼とは。絶句する高梨の横から納が竹中に問いかける。

「第一発見者というだけなのか？」

「怪しくはないかということですよね。状況的に不自然なところはない、というのが現状です」

奥歯に物が挟まったような答えが気になり、高梨が彼を見る。

「……実際、怪しいところはないんですよ。エントランスの防犯カメラに写った直後に、早乙女は一一九番通報をしています。ただ……」

「『ただ』？」

高梨の問いに竹中が答えた、その内容に高梨と納は思わず顔を見合わせてしまったのだった。

「様子がおかしいんです。酷く動揺しているというか……」

「殺人事件が続いているからじゃないのか？　まだ彼も若いんだし」

フォローよろしく、納がそう言うのに、

「まあ、そうなんですが」

と竹中が首を傾げる。

「ただ、『馬鹿だ、馬鹿だ』とぶつぶつ一人で繰り返しているんですよ」

「『馬鹿』？」

納が驚きの声を上げ、高梨を見やる。

「どういうことだと思う?」

「……わからん……けど、ひとつ言えるんは、彼は何かを知っとる、いうことやないかな」

実際に『知って』いたのか、それとも未来を見抜いた結果というのか。一体彼は何を、そして誰を『馬鹿』と思っているのか、それを聞くことにしよう、と高梨は納と竹中に頷くと、まずは現場を見るべくエレベーターへと向かったのだった。

8

殺害現場となった吉野社長の部屋は、いかにも、といった成金趣味の様相を呈していた。イタリア製の家具、流行りもののリトグラフ、最新式の家電。八十インチのテレビ。黒とゴールドを基調とした室内の様子は、金はかかっているが品がない、売れっ子ホストの部屋のようで、吉野社長らしいなと高梨は周囲を見渡したあと、遺体へと向かった。

「毒殺……か」

苦悶《くもん》の表情のまま事切れている吉野の顔を見下ろし、高梨が呟く。

「ワインは一人で飲んどったみたいやな」

「偽装かもしれませんけどね」

テーブルにワイングラスは一つしかなかった。ワインはロマネコンティ。本当に一人で飲んでいたのか、とテーブル周りを見やるも、偽装したあとを見出《みいだ》すことはできなかった。

「コルクとキャップシールに注射針の痕がありました。毒はそこから混入されたのかもしれません」

そう告げる竹中に、高梨は、

「このワインの出どころは？　見たところ、プレゼントされたもののようやけど」

と尋ねた。ボトルの首にリボンと共に造花の飾りがあったためである。

「今、捜査中です。高いワインですから、購入者はすぐにも割れそうですが」

「せやな」

頷いた高梨の視界に、部屋の片隅で膝《ひざ》を抱えている早乙女の白い顔が過《よぎ》った。

人形のようだ——血の気を失い真っ白な顔をしている上、表情がまるでない。らしくないなというのが、高梨の第一印象だった。

母親の死に対してもシニカルなコメントを述べていた彼が、なぜそうも動揺激しいのか。

母親より社長の死のほうがショックが大きいというのだろうか。それとも、実際遺体を見たことにショックを受けたのだろうか。

印象でしかないが、早乙女はそんなタマではないような気が、高梨にはしていた。人形のような早乙女の白い顔を高梨が見やったそのとき、視線を感じたのか早乙女が顔を上げ、高梨を見返した。

「……高梨警視……」

ぽつり、と呟くようにして呼びかけてきた早乙女に高梨はゆっくりと歩み寄っていった。

「……あなたが亡くなっている社長を発見されたんやそうで」

「……うん」

早乙女が無理矢理のように笑ってみせる。

「死体とかさ、見るの初めてだったから、さすがにキたわ」

「……お察しします」

頷いた高梨に向かい、早乙女はようやく彼らしい表情を見せた。

「らしくないって思ってるんだろ?」

「思っていませんよ」

また『心を読む』能力を発揮しようというのか。しかしその意図はどこにあるというのか。軽口を叩くことで気持ちを落ち着かせようとしているのだろうか。それなら少しは理解できる。そう考えていた高梨だったが、目の前で早乙女に苦笑され、彼もまた苦笑してしまった。

「ちゃいましたか?」

「高梨さんは……なんだろう、人に対して優しすぎるんじゃないかな」

考え考え、早乙女が高梨を見つめつつ言葉を発する。

「優しすぎる?」

「うん。人間ってそんな、善人ばかりじゃないよ。現に殺された吉野社長は超がつくほどの悪人だった。まあ、だからといって死んで当然なんて言っちゃいけないんだろうけど」

「どんな『悪人』やったんです?」

高梨の問いに早乙女は少し考える素振りをしたあと、打って変わった能弁さで答え始めた。

「まずは昇龍会との繋がり。俺を始めとする所属タレントは昇龍会に稼がせるために枕を強要されていた。覚醒剤取引にも一枚嚙《か》んでいたと思う。俺はやってないけど俳優と歌手の何人かは完璧に薬中《ヤクちゅう》だ。クスリでもやってないと、ハゲオヤジやデブなババアに抱かれたり抱いたりすることができなかったんだろう」

「あなたは違った」

確認を取った高梨に向かい、早乙女が右手を差し出してきた。

「検査してくれていいよ。あ、髪の毛でやるんだっけ？　リスクはわかっているから、覚醒剤に手を出すような馬鹿な真似はしないよ」

「……でしょうね」

頷いた高梨だったが、心の中でも早乙女ならそこまで計算するだろうと考えていた。

「ようやくわかってくれたんだ」

ふふ、と早乙女がそんな高梨の思考を読み、微笑みかけてくる。

「だとしたらますます不思議ですな」

考えが読まれているか否かはわからない。が、読むなら読むがいいと思いながら高梨はもはや計算は不要だと言葉を続けた。

「そんなあなたが社長の死にそうもショックを受けているのが」

「それはさっき言ったじゃない。死体なんて見たことないからさ、動揺したんだよ」

「いかにも、用意された言い訳に聞こえます」

本当に心が読めているかはわからないが、読めているのなら取り繕うのは無駄だろうと思い、高梨は思うがままを早乙女にぶつけることにした。

「ストレートだね」

早乙女が苦笑し、肩を竦める。

「でも、それ以外に言いようがない。実の母親が死んでも淡々としていたのに、思い入れのなさそうな社長が死んだことに動揺する。不自然に思えるかもしれないけれど、事実は小説より奇なりっていうのを身を以《もっ》て体感している」

「……そういうものなんでしょうな」

実体験としてはないけれども。答えた高梨に早乙女が、そうだ、と頷いてみせる。

「誰が犯人か知らないけど、殺されても仕方がないような生き方を社長はしていた。恨みを抱いている人間は数限りなくいるだろう。ロマネコンティを贈ったのもそうした輩《やから》の一人だよ、きっと」

「そない高い酒を贈れる人間は限られてくると思いますけどね」

高梨の言葉に早乙女が「そうだね」と頷く。

「……それが誰か、なんてことはこの際関係ない……なんてことにしてくれないだろうね、警察は」

「まあ……そうですな」

高梨が頷き、肩を竦める。

「犯人はそのうち明らかになる。世間はまた騒然とするだろう。でも、騒ぎはいっとき。動機について取り沙汰《ざた》されるのもいっときのことだろうね」

陽気にも聞こえる声音で早乙女はそう言った直後、はあ、と深い溜め息を漏らし再び高梨を見上げた。

「でもきっと、動機はわからない」

「それは予言ですか？」

「いや」

早乙女が笑顔のまま首を横に振る。

「どちらかというと、希望的観測？」

「……何を『希望』してらっしゃるのか、興味ありますな」

高梨の言葉に早乙女は一瞬、何かを言いかけた。が、すぐに、

「言葉のアヤだよ」

と作ったような笑みを浮かべた。

「ああ、そうだ。高梨警視ご希望の『予言』をしてやろう」

浮かれているといってもいいような高い声を早乙女が上げる。

「間もなく、星影妃香殺害の犯人が挙がる。昇龍会のチンピラだ。動機は……その犯人については知らない、ただ『命令されただけ』。組の動機までは知らないや。おそらく蜥蜴《とかげ》のしっぽ切り？的な？」

一気にそこまで告げたあと、早乙女が、はあ、と深い溜め息をついた。

「……自分が殺されることを星影妃香本人はわかってたのかな。わかってなかったとしか考えられないんだけど、もう、確かめようもないんだよな」

最後は独り言のような口調で、ぼそりと告げた早乙女に対し、高梨が何か言葉をかけねばと口を開きかけたそのとき、

「警視！」

部下の山田が興奮した様子で室内に駆け込んできた。

「どないした」

ある種の予感を胸に問いかけた高梨は、山田の答えを聞いた瞬間、思わず早乙女へと視線を向けていた。

「星影妃香殺害の犯人が自首してきました。昇龍会のチンピラです。彼女のマンションのエントランスの防犯カメラにもばっちり写っています」

「……さよか……」

まさに早乙女の予言どおり――ではあるが、果たしてそれは本当に『予言』なのか。単に

『事実』を知っていただけではないのか。

刑事であれば当然覚えるであろうその疑問は、今、高梨の胸に芽生えはしなかった。

「早乙女さん」

呼びかけた先、早乙女が少し戸惑った顔になり、高梨を見返す。

「二人で話をしませんか。捜査とは関係なく」

「警視？」

傍《そば》にいた山田が戸惑った声を上げる。

「それって、なんか意味あるの？」

早乙女もまた眉間《みけん》に縦皺《たてじわ》を刻み、高梨を見やった。

「僕にとっては意味があります」

即答した高梨を前に早乙女が噴き出した。

「『警視』の自己満足のために話したいってこと？」

「満足するのは自分だけやないんちゃうかなと思うんですが」

だが高梨がそう言うと、早乙女の顔から笑みが消えた。

「……すごい自信」

呆れた口調でそう言い、肩を竦める。

「別室でお話、伺えますか？」

高梨はそんな彼に手を差し伸べ、早乙女はその手を迷わず取った。

「捜査は関係ないんだよね」

「はい」

「自己満足。そして他己満足のためだけに話すんだよね？」

「はい」

「面白い。乗るよ、高梨警視」

早乙女は明るく笑うと、高梨に向かい目で別の部屋を示した。

「吉野社長の寝室に行こう。俺にとっては思い出があるようなないような場所だ。ある意味スタート地点でもある。さあ、行こう」

「お供しましょう」

高梨もまた笑顔で早乙女の手を握り返すと、唖然《あぜん》としている様子の納や竹中、それに山田を尻目に、亡くなった吉野社長の寝室へと向かったのだった。


「上京してすぐ、この部屋で、社長に抱かれたんだ」

キングサイズのベッドを前に、早乙女はそう言うと、高梨を振り返り苦笑してみせた。

「これから『枕』をするには、男とのセックスの経験が必要だからって。『枕』とか、実際あるんだ、とそのときは驚いたかな」

淡々と話を続けていた早乙女に対し、高梨は自身の考えを伝えるタイミングを計っていた。

「俺の初女喪失の話には興味ないみたいだね」

早乙女が苦笑しつつ、高梨をじっと見上げる。高梨もまた彼の綺麗な顔をじっと見下ろした。

痛々しい――虚勢を張って生きてきたとしか思えず、そんな感想を抱いた高梨を、すぐさま早乙女は揶揄《やゆ》してきた。

「そこまで悲惨な人生を歩んできたわけじゃないよ。世間の評価と実感との間には温度差があるもんだろ？　世間の人から注目され、賞賛されるためなら枕だろうがなんだろうが受け入れる。それが芸能人だと、納得しているし」

一般人の物差しでは測れない。そう告げた早乙女は実に淡々と話していた。だが、おそらく自分の言葉に彼は動揺を見せるに違いない。確信しながら高梨は口を開いた。

「あなたはワインの贈り主が誰だかご存じですね、早乙女さん」

「……あれ？　捜査は関係ないんじゃなかった？」

びく、と早乙女の肩が震える。が、彼の顔には笑みがあり、口調も淡々としたままだった。

さすが俳優、と内心舌を巻いていた高梨から早乙女がふいと目を逸らせる。

「はい。関係ありません。あなたの口から聞かんでも、すぐに捜査でわかるでしょうし」

「………………」

ならなぜ。眉を顰める早乙女に向かい、高梨は一瞬躊躇《ちゅうちょ》したものの、すぐに己の考えを早乙女にぶつけるべく問いかけた。

「ワインを贈ったのは星影妃香さんなんでしょう？」

「……さあね」

早乙女が目を逸らせたままぽつりと呟く。

「ご存じやったんですか？　星影さんが毒入りワインを吉野社長に贈ったということは？」

「知ってても『知ってる』なんて言うわけないだろ？　てか、そもそも知らなかったけどさ」

早乙女が目を合わせる気配はない。俯《うつむ》いたままであるのは表情を読まれたくないのだろう。本人が認めても、認めなくてもかまわない。これは『捜査外』のことなのだから。そう思いながら高梨は自身の考えを述べ始めた。

「星影さんが吉野社長を殺す動機はなんやろ。二人の間には利害関係は生じてへんはず。となると一つしか考えられへん……あなたのことやったんちゃいますか？　社長が何か、あなたにとって不利益なことをしようとしていた。彼女はそれを止めようとしはったんやないでしょうか」

「んなわけない。保身のためだろ、どうせ」

吐き捨てる早乙女に高梨が、

「それはないんちゃいますか」

と即座にその言葉を否定する。

本来であれば今の早乙女の発言は、ワインの贈り主が星影であると『知っていた』ことを認めるものであると指摘する場面である。高梨がそれをしなかったのは、『捜査を離れて』と約束したこともあったが、早乙女の声にやりきれない思いを感じ取ったことのほうが大きかった。

「なんでわかるんだよ」

ここでようやく早乙女が、眉を顰めつつ高梨へと視線を向けてきた。

「星影さんがあなたのために今までしてきた様々のことを思うと」

「………」

早乙女が何かを言いかけたが、結局は何も言わずに視線を逸らせる。そんな彼に高梨は、早乙女自身気づいているであろうことを挙げ始めた。

「星影さんはあなたがデビューしたときから、テレビや映画のプロデューサーやディレクターにあなたを起用するよう働きかけていたそうですね。吉野社長が彼女に枕営業を持ちかけたのも、それを知ったからだと。ファンやと思ったんでしょうね。星影さんはあなたが枕営業をやらされていると知ったあとには積極的にあなたを呼び出していた。自分のところに来る日には余所《よそ》で枕をすることはないという理由で」

「……そんな美談じゃないよ。あいつは恐れてたんだ。自分が息子を捨てた非道な母ってことが世間にバレることを。せっかく有名に、そして稼げるようになったからさ。あのインチキな占いで」

喋り出したときの口調は、いつものように酷く冷めたものだった。が、話し続けるうちにいつしかヒステリックな声を上げていた早乙女に対し、高梨が静かな声で尋ねる。

「……ほんまにそう、思ってます？」

「ああ『ほんま』だよ」

笑いながら即答した、早乙女の目には涙が光っていた。

その涙を見た瞬間、人の心を読む能力など持ち合わせていない高梨ではあったが、今、早乙女の胸に溢れているのは後悔の念であろうと察することができた。

「親子と、名乗り合ったことはなかった……？」

せめて、名乗り合っていればいい。以前は『いない』と言っていたが、それが嘘であればいい。そう願い問いかけた高梨の前で、早乙女が無言で首を横に振る。

「……いつも、くだらない話しかしなかった。現場でこういうことがあったとか、そんな、他愛もないこと。一時間半も話すことないから、二人でずっと黙ってることもよくあった。無言のまま向かい合わせでメシ食ったり。それもさ、手料理じゃなく、仕出し弁当だよ。料理は苦手なんだろうけど、だからって弁当はないと思わない？」

母親なんだから、と続けた早乙女は笑ってはいた。が、彼の瞳からは涙が溢れ、頬を伝って流れ落ちていた。

「社長からは、星影妃香のおかげで次々大きな仕事が決まってると知らされてたけど、本人は何も、恩着せがましいこと言わなかった。言えよ、と思ったよ。おかげで礼も言えてない。今度、歌をはじめるのもいいんじゃないかとか、未来の仕事の話はするくせにさ。俺が興味あるとわかったら、今度はレコード会社に売り込もうとしてた。いらないよ。実力でやるよ。俺がそう言うとでも思ったのかな？　実力なんてない、ほぼ運だけで……占い師のゴリ押しで俺の今があるなんてこと、馬鹿じゃないからちゃんとわかってたのにさ」

「……親子と名乗りたかったんやないでしょうか。星影さんも……そしてあなたも」

高梨の言葉に早乙女は、

「そりゃ……っ」

と答えかけたあと、涙を手の甲で拭《ぬぐ》いながら首を横に振った。

「……もっと、言っときゃよかったって思うことがある」

「え？」

それは、と問おうとした高梨の言葉に被せ、早乙女がぽつぽつと話し始めた。

「……最後に会ったときにさ、あいつの顔に死相が出てるのがわかった。もうすぐ死ぬなって。それ、言ってやればよかった。気をつけろとかさ。でも言えなかった。そのときちらっと、母親って知ってるよ、と言おうかとも思った。でも……それも言えなかった。言ったあとのことが、まったく見えなかった。お互い、抱き合って泣くとかさ。あいつが『捨ててごめん』と土下座するとかさ。淡々と『そうなの』で終わりとか。ああ、シチュエーションとしてはいくらでもありそうなのに、一つとして頭に浮かばないんだ。ああ、これは、お互い言わないってことなんだろうなと納得した。だから言わなかった……でも」

ここで早乙女が言葉を途切れさせたのは、涙で声が詰まってしまったためだった。

「………言えへんかった、その理由は……？」

問いかける高梨に対し、早乙女が、顔を伏せたまま、小さく首を横に振る。

「なんでだろう……。勇気が出なかったってのもある……けど、きっと外れると思ってたから……かな」

嗚咽《おえつ》の合間になんとか言葉を吐き出した早乙女が、ここで伏せていた顔を上げ、高梨に笑いかける。

「……まさか自分の予感がここまで当たるとは思わなかった。俺が占い師になったほうが絶対、大成したよな」

「……血は争えない、いうことなんでしょうな」

以前、星影妃香に会ったという田宮から高梨は、彼女には『オーラ』があったと聞いていた。大部屋女優時代は占いが当たるということで頭角を現したということだったから、能力的にはゼロではなかったのではないかと思われる。

息子である早乙女のほうが能力に長《た》けていた。そういうことではないのかという思いから告げた高梨の前で、早乙女はくしゃくしゃと顔を歪《ゆが》め泣き笑いの表情となった。

「……名乗ればよかった……恨んでないと……会えて嬉《うれ》しかったと言えばよかった。いろいろ、ありがとう……と、せめてお礼を言えば……一度でも『お母さん』と呼んであげれば……よかった……んだよな」

言いながら早乙女が再び両手に顔を伏せ、泣き始める。

慟哭《どうこく》というに相応《ふさわ》しい泣き方をみせる早乙女の肩を高梨は、ぽんぽんと叩いたあと、ぎゅっと摑んだ。

「……おかあ……さん……おかあさん……っ」

泣きじゃくりながら早乙女が、震える声で何度も何度も繰り返す。

叶《かな》わぬ願いではあるが、できることなら時間が戻り母と子が互いの気持ちを伝え合い、会えずにいた年月を埋めるよう抱き合えればいいのに。

後悔に身を焼く早乙女を前にしては高梨はそう思わないではいられず、ただただ言葉もなく早乙女の肩を摑み続けたのだった。

ワインの贈り主はすぐ、星影妃香と割れた。ほぼ同時に、彼女が殺されることになった直接の原因が思わぬところから警察や世間に知られることになった。

S電機会長が自宅で自ら命を絶ったのだが、その遺書に、星影にそのかされ捻出した裏金をある代議士に献金していたことを特捜に気づかれ、間もなく立ち入り検査が行われることがわかった、それを苦に自殺すると書かれていたからである。

遺書にはその代議士が芸能事務所社長、吉野の義弟であり、吉野と星影は繋がっている。星影もある意味犠牲者ではあるが、とはいえあんなインチキ占いに乗せられた自分が恥ずかしい。そうも書かれており、警察は星影の吉野社長殺害の動機は、仲間割れによるものと考えられる、と記者発表をし、早乙女結姫との母子関係について述べることはなかった。

早乙女についていては、大手芸能事務所が続々と手を差し伸べており、本人が『流れる』ことを覚悟していた主演映画も無事に撮影に入ることが発表された。

星影妃香と早乙女結姫の母子関係についてては、アランの雇った米国の優秀な調査会社はすぐさま嗅《か》ぎつけたが、日本のマスコミが辿《たど》り着くことはなかった。

警察もその件は事件には関係ないということで敢えて発表はしなかった。吉野社長殺害後、所属していたタレントの数名に覚醒剤使用の容疑で逮捕状が出たことで、メディアは騒然となっていた。

後日、高梨は第一発見者である早乙女を改めて署に呼び、状況を尋ねた。

「……ロマネコンティのワインは、星影さんの部屋で見たことがありました。俺と一緒に飲もうと思って買ったと言われ、ワインは好きではないと言うと、彼女は残念そうな顔になり、それなら何が飲みたいのかと尋ねてきました」

ラベルが特徴的だったのと、リボンと共に飾られていた造花に見覚えがあった。そう告げた彼に高梨は、事件の夜、吉野社長になんと言って呼び出されたのかと改めて尋ねた。

「今後のことを相談したいと……あとは、いいワインがあるからと……それより、なんか全然騒ぎになってないいんだけど。映画のクランクインとかにあわせてるの？」

「なんのことですやろ？」

首を傾げる高梨に早乙女が「だから」と苛立った声を出す。

「星影妃香と俺が親子だったってこと。なんで騒ぎにならないんだ？」

「二つの殺人事件には関係ありませんからな」

高梨の答えを聞き、早乙女はぽかんとした顔になった。

「……なに？　公表されないの？」

「なんのためにです？」

今度は高梨が目を見開く番だった。

「なんのって……」

驚愕から立ち直れずにいた早乙女に向かい、高梨はにっこりと微笑み、頷いてみせた。

「あまり大きな声では言えへんのやけど、その情報の入手先は正当なものやないんですわ。アメリカ人の富豪が私財を投じて調査会社に依頼したなんてことは、さすがに公表できませんでしょう」

「……しかし……」

呆然《ぼうぜん》としていた早乙女の肩を、高梨がぽんと叩く。

「ご自身が明かしたい、いうんやったら別に警察は止めはしません。どうぞご自由になさってください」

「……高梨……警視」

早乙女が掠《かす》れた声で高梨の名を呼ぶ。

「なんでしょう」

微笑み問い返した高梨に対し、早乙女は言葉を失っていたが、やがて、ふっと笑うと、肩に乗せられていた高梨の手に己の手を重ねた。

「この先、俺が喋ることは記録に残しても残さなくてもいい」

「なんです？」

高梨が調書を取っていた納に目で合図し、ペンを置かせる。

「……お袋が吉野社長を殺そうとした動機について、心当たりがあるんだ。吉野社長がお袋と俺の親子関係に気づいてマスコミに発表しようとしていたから……だと思う」

「…………」

思いもかけない告白に声を失う高梨に向かい、早乙女は笑顔で頷き言葉を続けた。

「俺の人気なんて、見せかけなんだよな。まさに作られたものっていうか。で、今度の主演映画のクランクイン発表と同時に社長は俺が、星影妃香の息子だって発表しようとしていた。それに感づいたお袋が、そうはさせまいと毒殺を謀《はか》ったんだと思う。証拠を出せと言われても、何も出せないけどね」

「そうですか……」

高梨がようやく相槌を打ち、早乙女の目を見返した。

「……証拠がないいんやったらやはし、公表はできませんなあ」

「なんだ。せっかく公表してもらおうと思って、隠していたネタまで出したのに」

早乙女が残念そうに肩を竦める。多少演技がかってはいたが、今の発言は彼の本心だろうと高梨は感じていた。

「公表するかどうかは早乙女さん、あなたに任せます。ただ、自棄になる必要はないと、僕は思いますよ」

高梨はそう言うと、ぽん、と早乙女の肩を叩き手を退けた。

「そないなことは誰も――特に星影さんは望んでなかったんやないかと思いますから」

「高梨さん、あんた、本当にいい人だね」

早乙女が椅子から立ち上がり、高梨に向かい右手を差し出してきた。高梨も手を伸ばし、その手を握る。

「感謝の気持ちを込めて、一つ、教えておく」

ぎゅっと手を握り締め、早乙女が身を乗り出して高梨の耳許に囁く。

「あんたには間もなく、試練が訪れる……けど、信頼さえしていれば乗り越えられる……と思う」

「……え？」

意味がわからず問い返した高梨から、早乙女はすぐさま身体を離すと、ぎゅっと力強く彼の手を握り締め、その手もすぐに離した。

「こんな能力、あっても迷惑だと思ってたけど、今は少しありがたく思ってる。あんたに危機を伝えることができたしね」

「……おおきに」

危機――『試練』というのがそれなのか、と納得し、頷いた高梨の耳に、陽気にも聞こえる早乙女の声が響く。

「でもこの能力も、今日を使い納めにしておく。これからは俳優として頑張るよ。それが俺の望みであり……名乗り合うことはなかったけど、お袋の望みでもあったと思うから」

「陰ながら応援しとりますわ」

微笑む高梨に「ありがとう」と早乙女が微笑む。

迷いの欠片《かけら》も感じさせない、実に魅惑的な笑みだと思いながら高梨は、今後の彼の活躍を祈り、会議室をあとにする彼の背を見送ったのだった。

# 9

「ただいまあ」

高梨がインターホンを押しつつそう告げると、パタパタと廊下を走る音がした直後、大きく玄関のドアが開いた。

「おかえり」

飛び出してきたのはエプロン姿の田宮で、あまりの愛らしさに高梨はすっかり相好《そうごう》を崩し、華奢《きゃしゃ》なその背を思い切り抱き締めていた。

「良平……っ」

「ただいまのチュウ、させてや」

言いながら唇を寄せる高梨から顔を背けて避けたあと、田宮が改めて彼を睨む。

「まだ、ドア開いてるだろ」

駄目だよ、と上目遣いで睨んでくるその顔が可愛すぎる、と高梨は尚も田宮を抱き締め、顔中にキスをする勢いで唇を落としていった。

「いいから入れって」

田宮が焦って高梨を強引に室内へと引き入れ、ドアに鍵をかける。

「ごろちゃん、積極的やね」

「……どちらかというと消極的なんだけど」

にやつく高梨の背を拳《こぶし》で叩くと田宮は身体を離し、じっと顔を見上げてきた。

「どないしたん？」

「ニュース、見た。事件、解決したんだな」

「……ごろちゃんが届けてくれたアランさんの情報が、発表されなんだことが気になる？」

問いかけた高梨に対し、田宮が「え？」と目を見開いた。

「そうだったんだ？」

「え？」

今度は高梨が疑問の声を上げる番で、問い返した高梨に田宮が不思議そうな顔で問いかけてきた。

「なんにせよ、無事に事件は解決したんだろ？」

「ああ、せやね」

頷いた高梨に、田宮が遠慮していることがありありとわかる口調で問いを発する。

「あの……星影妃香さん殺害は、暴力団絡みってことだったけど、もしかして花村製薬の名前って出てるか？」

「いや？　出てへんで」

答えたあと高梨は、それが田宮が星影妃香にかかわる要因になった人物の名であることに気づいた。

「西村さんのお友達やったっけ。安心してええよ。まったく名前は出てへんさかい」

「そう……か」

よかった、と微笑む田宮を再び高梨が抱き締める。

「気にしたんはそこ？」

「……うん」

頷く田宮の背を高梨は改めて抱き締めた。

「ごろちゃんが気にしたんは、そこだけなんや」

「まあ……早乙女結婚のことは気にしないでもないんだけど」

田宮が考え考え、そう告げる。

「でも本来なら俺が知るはずのなかったことだし。当人たちの心情を思えば、ただの好奇心で追及するのも悪いよな」

「ごろちゃんはほんま、天使なんちゃう？」

思うがままを告げた高梨の前で、田宮がほとほと呆れた顔になる。

「天使って……馬鹿じゃないか？」

「馬鹿やないよ」

ふふ、と笑い高梨が田宮を抱き締めた状態で唇を突き出す。

「なあ、してや。おかえりのチュウ」

「……馬鹿……」

照れまくりながらも田宮は高梨の唇に己の唇を重ねると、

「おかえり」

と微笑み、高梨の背を抱き締め返したのだった。


食事を、とダイニングに向かおうとする田宮を高梨は強引に寝室へと誘《さそ》った。

「腹、減ってないの？」

大丈夫か、と問いかける田宮に高梨がにっこり笑って答える。

「今はごろちゃんのが食べたいわ」

「……オヤジ……」

悪態をつきつつも頬を染める、その顔が本当に愛らしいと微笑ましく思うと同時に、自身の欲情が一気に沸き立ってくるのを抑えきれず、高梨はその場で田宮を抱き上げた。

「ちょ、ちょっと」

思わぬ高さに恐怖を覚えたらしく、田宮が高梨の首にしがみつく。

「なんなんだよ」

「もう、我慢できんようになってもうた」

高梨としてはふざけているつもりはなかったが、田宮は先ほどの『オヤジ発言』の続きと思ったらしく、

「馬鹿じゃないか」

と口を尖《とが》らせている。

可愛い唇にちゅ、とキスをし、田宮を抱いたまま器用にドアを開いて寝室へと入った高梨は、真っ直ぐにベッドへと向かうと田宮をそっとシーツの上に下ろした。

「ん……っ」

キスで唇を塞《ふさ》ぎながら、田宮から服を剝《は》いでいく。田宮もまた手を伸ばし、高梨のネクタイを外し始めたのだが、それぞれに脱いだほうが早いという結論に早々に達した二人は一瞬目を見交わしたあとに身体を起こし、無言のまま自身の服をすべて脱ぎ捨て再び抱き合った。

高梨の唇が田宮の首筋を下り、ピンク色の乳首に辿り着く。ぺろ、と舐《な》めただけで田宮はびく、と身体を震わせたのだが、それが恥ずかしかったのか、高梨が顔を見上げ、可愛いなと微笑みかけると、きゅっと唇を嚙みしめ、ふいと目線を逸らせてしまった。

恥ずかしがるところがまた可愛い。その思いのままに高梨が田宮の胸をむしゃぶりつく勢いで舐《ねぶ》り始める。

「や……っ……ん……っ……」

片方を舌と唇で、もう片方を指先でこねくり回すようにして愛撫《あいぶ》し、すぐに立ってきたそれを今度はきゅうと摘まみ上げる。強い刺激には田宮はことさら弱いということは、高梨のよく知るところだった。同時に乳首を噛んでやると田宮は大きく背を仰《の》け反《ぞ》らせ、堪《こら》えきれない声を上げながらいやいやをするように激しく首を横に振った。

「あっ……や……っ……あぁ……っ」

胸への愛撫に快感を得、田宮の肌にうっすらと汗が滲《にじ》む。捩《よじ》れる腰のラインがまた色っぽい、と高梨の手は自然とそれをなぞっていたのだが、掌《てのひら》の感触が更に田宮に快楽を与えたらしく、腰の捩れは更に大きくなり、自然と太腿《ふともも》の間が開いてきた。

「ん……っ」

その動きに誘われ、高梨の掌が内腿を撫《な》でる。田宮の口からはまた悩ましい声が漏れ、脚の開きが大きくなる。気づいた高梨がふと顔を上げると自分をじっと見下ろす田宮と目が合った。すぐさま田宮は目を逸らせたが、彼の瞳に燃えさかる欲情の焔《ほむら》を見逃すような高梨ではなかった。

「挿《い》れよか」

言いながら高梨が田宮の内腿を撫でていた手を後ろへと滑らせ、早くもひくついていたそこに、つぷ、と人差し指の先を挿入させる。

「……や……だ……」

その指を奥へと誘うように、ますます後ろの動きが活発になったことに羞恥を覚えたのだろう。田宮が高梨の指を逃れようとし、身体を捩った。

「やなん？」

高梨にふと、悪戯《いたずら》心が芽生える。『悪戯』というよりはどちらかというと『意地悪』といったほうがいいのか。この世のすべての災厄から田宮を守りたいと常日頃から高梨は思っているものの、閨《ねや》の中ではときに彼は、田宮を苛《いじ》めたい、追い詰めたい、という欲求を感じることがあった。

加虐の心とでもいうのか。いたいけな仕草を見せる田宮をもっと啼《な》かせたい。喘《あえ》がせたい。とことん追い詰め感じさせたい。田宮が本気で嫌がった場合は勿論、それ以上続けることはしないが、ときに心に芽生えるそれらの願望に高梨はある種の罪悪感を抱きながらも捨て去ることができずにいた。

今回の場合は『揶揄』で終わった、そんな高梨の言葉に、田宮が頬を染めたまま、恨みがましく睨み上げてくる。

少し潤んだその瞳を前にし、高梨の背をぞくぞくとした感覚が走った。なんて色っぽい目をして見るのだと、滾《たぎ》る欲情を必死に抑え込みながら、無理矢理微笑んでみせる。

「うそうそ。かんにん」

そうでもしていないと暴走してしまうのが自分でもわかっていたためだった。田宮が許しを請うても、欲する気持ちのまま、彼を貪ってしまいかねない己の劣情に蓋をすると高梨は、田宮の中に入れた指をゆっくりと動かし始めた。

「ん……っ……んん……っ」

じわり、じわりと解《ほぐ》すように指で中を抉《こじ》る。田宮の目は既に高梨を睨んでおらず、瞼《まぶた》は閉じられていた。微《かす》かに開いた唇の間から悩ましい声が漏れ、ゆらりと腰が揺れる。

快感を更に与えてやろうと、そのタイミングで高梨は指を増やした。二本の指で中をかきまわしてやると、すぐに田宮はいやいやをするように首を横に振り、堪えきれない声を漏らし始めた。

「や……っ……あ……っ……あぁ……っ」

腰はもどかしげに大きく揺れ、指を締め上げるように内壁が激しく収縮するのを感じる。

「挿れてええ?」

問いかける高梨に、田宮は目を閉じたまま、うんうんと小さく頷いた。羞恥よりも欲情が勝っている様子の彼に、またも高梨は黒い劣情を覚えたが、すぐさま自戒し大きく息を吐き出す。

「……りょう……へい？」

いきなりの溜め息を不審に思う余裕はまだ田宮に残っていたようで、薄く目を開き高梨をまっすぐに見上げてくる。

あどけなさすら感じさせるその顔を見た瞬間、高梨の中でぷつんと何かが切れた音がした。もう我慢できへん。内なる声が欲するがまま、田宮の両脚を抱え上げ、露《あら》わにしたそこへと己の雄をあてがう。

「……っ」

そのまま一気に奥まで貫く。声もなく背を仰け反らせた田宮の脚を抱え直すと高梨は、そのまま激しく彼を突き上げ始めた。

「や……っ……あっ……あっあっあぁっ」

田宮の口から高い喘ぎが放たれ、高梨の腕の外で彼の膝から下が、操り人形のそれのように不規則に跳ねる。

互いの下肢がぶつかり合うときに立つ、空気を孕《はら》んだ高い音が田宮の喘ぎと供に室内に響き渡り、高梨の欲情を更に煽《あお》っていった。

「もう……っ……あぁ……っ……もう……っ……もう……っ」

汗で滑る脚を抱え直し、リズミカルに田宮の奥を突き続ける。延々と続く突き上げは田宮を絶頂へと導いたあとに、今は息苦しさを覚えさせているらしく、つらそうに眉を顰め、細い声を上げていた。

「……あ……」

くっきりと眉間に刻まれた彼の縦皺を見た瞬間、高梨は我に返った。

「かんにん」

慌てて田宮の片脚を離すと、二人の腹の間で勃ちきり先走りの液を滴らせていた田宮の雄を握り一気に扱《しご》き上げてやる。

「あぁ……っ」

幾分力ない声ではあったが、田宮が高く啼き、高梨の手の中に白濁した液を飛ばして達した。

「……っ」

射精を受け、激しく収縮する彼の後ろに締め上げられ、高梨もまた達すると、はあはあと息を乱す田宮の、汗で額に貼り付く髪をかき上げてやりながら、

「ごろちゃん……？」

大丈夫か、と体調を気遣った。

「……ん……」

田宮が未《ま》だ整わない息の下、にっこり微笑むと、己の額にある高梨の手に己の手を重ねてくる。

「……かんにん……な」

天使のような慈愛の笑みを前に、高梨の口から思わず謝罪の言葉が漏れた。

「……？」

田宮が不思議そうに目を見開いたあと、微笑みながらゆっくり首を横に振ってみせる。何を謝っているのかわからないが、気にすることなど何もない。そう言いたげな田宮を見下ろす高梨の胸には、これ以上ないほどの愛《いと》しさが溢れ、堪《たま》らず田宮の華奢な背を抱き締めてしまっていた。

「……どうした……？」

その背をしっかりと抱き返してきながら、田宮が高梨に問いかけてくる。

「……愛してるで、ごろちゃん……」

そしてかんにん。心の中で詫びた高梨の、その心の声が聞こえたかのように田宮もまた高梨の背をしっかりと抱き締め、大丈夫だというように何度も頷いてみせたのだった。


翌朝、自身が用意した朝食を二人して食べながら高梨は田宮に、警察としては星影妃香と早乙女結姫との親子関係を公表する気はない旨を含め、事件のあらましを伝えた。

「そうか……なら、富岡とアランにも口止めしないとな」

頷く田宮を高梨は「頼むわ」と拝んでみせる。

「せっかくアランさんが提供してくれた情報やけどな」

「アランももう、余計なことはしないと思うよ」

「なんで？」

アランの調査は『余計なこと』というには有益だった。が、実際彼を持て余していたのは事実だったため、安堵《あんど》しつつも高梨はその理由を田宮に問うた。

「富岡がビシッと言ってくれたんだ。良平にこれ以上迷惑かけるなって」

「富岡君が？」

へえ、と感心した声を上げた高梨に他意はなかった。が、田宮は何かを感じたらしく、

「誤解するなよ？」

と言葉を足してくる。

「富岡の『友達』宣言は撤回されてないからな」

「わかってるて。それも友情からなんやろ？」

笑い返しながらも高梨は、そんな富岡に対しやはり嫉妬《しっと》を抱かずにはいられない自分の心の狭さを反省していた。

実際、『友達』となったあとのほうが、嫉妬しているようにも思う。富岡を、そして何よ

り田宮を信頼していないわけではないのだが、と心の中で苦笑していた高梨の頭にふと、早乙女から告げられた予言めいた言葉が浮かんだ。

『あんたには間もなく、試練が訪れる……けど、信頼さえしていれば乗り越えられる……と思う』

あれは本当に『予言』なのか。そもそも『予言』だとしても、果たして正しいものなのか。早乙女には確かに、思考を読まれていると感じたことはよくあった。が、彼に未来を見通せる力があるか否かはわからない。

世の中にはいくらでも不思議なことはある。なので早乙女が実際、自身の未来を予言した、というのもあり得ないことではないのだろう。

だとしてもやはり高梨にとっての『未来』は、自身の手で切り開いていくものであり、予言どおりに進むとは考えたくなかった。

ことさら、愛する人との『未来』こそ、自身の、そして二人の手により切り開いていきたい。その願いを込め見やった先では田宮が、

「良平？」

と戸惑った視線を向けている。

「……愛してるで。ごろちゃん」

愛し合っていれば——信頼し合っていれば、二人にとって、この世に恐れることなど何一

つないに違いない。たとえどのような試練が待ち受けていようと。

そう思い、手を差し伸べた高梨のその手を取った田宮は、唐突な愛の告白に戸惑った様子を見せつつも、

「俺も。愛してる」

と笑顔で頷き、己の想いを伝えようとするかのように更に強い力で高梨の手を握り返してきたのだった。

エピローグ

「大丈夫。歌も成功するわよ」

間違いないわ、と別れ際に彼女が微笑む。

「歌……ね」

実際、ＣＤを出すことに対してはそう興味があるわけではなかった。以前彼女に、

『歌をやってみるのもいいんじゃない？』

と言われ、適当に頷いただけだ。

多分――いや、確実に彼女は、俺のために、すでに有名プロデューサーや人気アーティストをレコーディングに参加させるべく動いているに違いない。

いつもそうだ。いつもいつも――それこそデビューのときから常に俺の先回りをし、成功への道を用意してくれている。

最初、俺はそれをしてくれているのが吉野社長だと勘違いをしていた。そこまでして売り出してくれるのであれば、と言われるがままに枕営業もしてきた。

そのうちに社長が彼女の『仕掛け』に気づいた。

『結姫、彼女、お前の大ファンなんだそうだ。枕を持ちかけたら飛びついてきたぞ』

せいぜいご奉仕してやってくれ、と社長に言われたときにも、ファンというのはありがたいものだ、くらいにしか考えていなかった。

『どうも。早乙女です』

社長に指示され、彼女の事務所兼自宅を訪ねたのは一年ほど前のことになるか。顔を合わせた瞬間、俺は気づいた。

『ゆうと……ごめんね……』

目の前にいたのは俺を捨てた女。醜い泣き顔を最後に見せたあの女――母、だった。

泣くくらいならなぜ捨てた。彼女の顔を見た瞬間、思わずそう問い質《ただ》したくなった。が、彼女が笑顔で手を差し伸べてきたのを見て、考えを改めた。

『はじめまして。星影妃香です。あなたはスターになるべくして生まれてきた人よ』

ああ――彼女は、自分が母であることを俺に明かすつもりはないらしい。

おかあさん。そう言ってやったらどんな反応を見せるだろう。慌てるだろうか。それともとぼけるだろうか。それとも――頭の中は真っ白で、何も考えられなくなった。

よろしく、と頭を下げたような記憶がぼんやりあるが、あまり覚えていない。まさか彼女は俺を息子と気づいていないのか。寝ようと言われたらどう言えばいいのか。寝るのか。それともそこで初めて名乗ればいいのか。

さまざまな考えがぐるぐると頭を巡っていたことはなんとなく覚えている。

その後、彼女は俺に向かい、『ご神託』のようなことを数こと喋ったあと、

『座って』

とソファを指さした。

『何か飲む？　それとも食べる？　食べるのならデリバリーになるけれど』

言葉を失う俺のかわりに、その日、彼女は最初から最後まで喋り続けた。そのまま一時間ほどの時間が流れたが、その間、彼女はずっと一人で喋っていた。

『またいらっしゃい』

一時間後、彼女は微笑み立ち上がったが、彼女の口からは俺を息子扱いする言葉は一言も告げられなかった。

何がなんだかわからないうちに事務所に戻ると、吉野社長が下卑た笑いを俺に向けてきた。

『どうだった？　彼女、美人だがかなりのトシなんだろ？　やっぱり身体は衰えてたか？』

その問いに、憤りを覚えなかったといえば嘘になる。が、そのとき俺は、社長同様、下卑た笑みを浮かべながら『まあそうですね』と答えたのだった。

その後、彼女は俺を何度も招いた。そのたびに彼女はやはり『ご神託』を告げたあとには、何かを飲むかとか食べるかとか、どうでもいいような話題を振り、俺は俺で、現場で見聞きしたくだらない話を彼女に提供して過ごした。

『枕』であることはお互い、わかっていたはずだった。が、俺も彼女もそのことについては一言も触れず、ただ、内容がないような話ばかりをし続けていた。

彼女に占いの能力が殆《ほとん》どないということにはかなり早い段階で気づいた。彼女自身もそれはわかっているようなのに、相変わらず俺に向かっては、自身が、そして事務所が仕組んだに違いない『ご神託』を告げ続けていた。

『インチキだよね』

指摘してやろうかとも思ったが、なぜかその気になれなかった。

親子の名乗りを上げようかということ以上に、そのことには触れてはいけない気がなぜだかしてしまっていたからだ。

そんな力なんてないよね。俺のほうがあんたの未来を見ることができるよ。

あんたはロクな死に方をしない。きっと今までの報いだね。

その『予感』は彼女に会った直後から抱いていたものだったが、捨てられた恨みから出たのだろうと、俺はそう思っていた。

実際、彼女がロクな死に方をするかどうかなど、俺にわかるはずもない。だって俺は占い師じゃないんだし。

そう思うことで俺は、自身の頭に浮かぶ映像を必死に否定しようとしていた。当たるはずがない。彼女が非業の死を遂げるわけなどないのだ、と。

「大丈夫。歌も必ず成功するわよ」

今別れたばかりの彼女の顔には、はっきりと死相が出ていた――ように思えた。

伝えるべきか、別れしなに迷ったが、結局俺は何も言わず、マンションをあとにしてしまった。

今ならまだ、間に合うかもしれない。

エントランスを振り返り、戻るか否か、考える。

戻ったらきっと彼女は訝しげな顔をするに違いない。

『どうしたの？　忘れ物？』

問われてもきっと俺は、何も言えないだろう。となると戻るだけ無駄だ、と考え、視線を前へと戻し歩き始めた。

『……ごめんね、ゆうと……』

泣きながら俺を抱き締めた、若き日の彼女の顔が脳裏にこの上なく鮮明に蘇《よみがえ》る。

やっぱり俺は彼女を恨んでいるのだ。だからこそ、実際現れてもいない『死相』を彼女の顔の上に見た。そうに違いない。そうでないはずがない。

言い聞かせる自分の声が頭の中で響いている。

『おかあさん』

記憶の中の幼い俺が、彼女の胸から顔を上げ、泣きじゃくるその顔を見上げながら問いかけた。

『どうして僕を捨てたの？』

あのときそう問うていれば、彼女は俺を捨てることを躊躇《ためら》っただろうか。

もし、今それを聞いたら――？　彼女は俺になんと答えるだろう。

『ごめん……ね……』

綺麗なその顔をくしゃくしゃと歪ませ、泣きじゃくるのではないだろうか。そんな顔を俺は彼女にさせたくはなかった。

彼女は――あの人は、常に美しくいてほしい。大好きだったその綺麗な顔が崩れるところは、幼い日の俺も、そして今の俺も、決して見たくはなかった。

いや、顔の美醜にかかわらず、俺はただ、あの人が泣くところを――悲しむところを、見たくなかった、ということなのかもしれないけれど。

『ごめんね……ゆうと』

そのとき耳に、彼女の声が一段と高く響いた気がして、俺は思わず、既にかなり遠ざかっていたマンションを振り返った。

「……おかあさん……」

思わず口からその言葉が漏れる。

自分の声が酷く頼りなく、まるで幼い子供のそれのように聞こえたことで我に返ると俺は、馬鹿馬鹿しい、と自嘲《じちょう》し再び前を向いて歩き始めた。

向かう先には——俺の未来には、彼女はいない。

すでに彼女からは捨てられた身だ。このまま一生、母とも息子とも、名乗り合わずに互いの人生を生きていけばいいのだ。

だが最近、どうも社長が二人の親子関係に気づいたらしく、最高のタイミングで世間に公表しようなんて馬鹿げた企画を立てつつあると気づいた。

なんとしてでも阻止せねばなるまい。実際、阻止する自信もあった。先輩の覚醒剤使用を警察にバラすと脅せばいい。そのための証拠集めもすんでいる。

何があろうと、秘密は守り通したい。

互いに顔を合わせながらも名乗れずにいるのだ。他人に暴かれるわけにはいかなかった。

きっと彼女も同じように思っているに違いない。何も会話を交わさずとも彼女の考えていることは手にとるようにわかった。

彼女はわかっていただろうか。俺の心の声を聞いていてくれていただろうか。

『おかあさん』

聞いてくれている——と信じたい。

何度かそう呼びかけようとし、断念した俺の気持ちは通じてくれていると願いたい。が、心のどこかで俺は、それが叶わぬ夢だということをしっかり悟っていた。

『おかあさん——ありがとう』

その言葉は特別な能力を持ち得ない彼女の胸には、決して届くことはなかったであろうということを——。

# 抱かれたい理由

「珍しいですね。田宮《たみや》さんから飲みに誘ってくれるなんて」

夕方五時に往訪した客先との打ち合わせが長引き、会社には戻らずそのまま直帰が決まった瞬間、俺は富岡《とみおか》を飲みに誘った。ずっと気になって仕方がないことを確かめたかったのだ。

以前なら——富岡が俺に『友達宣言』する前なら、こんな夜にはすかさず彼のほうから誘いが入ったはずだった。それを邪険に断りまくっていたことが、ある意味懐かしく思い出される。それだけに最近仕事で忙しそうな富岡には『社に戻って仕事をする』と断られるかなと覚悟していたため、軽く応じてくれた上に、向かい合わせに座った席で嬉《うれ》しげにそう言われたことに内心ほっとしていた。

「お互い、忙しかったしな」

「その上、今回西村が迷惑かけましたしね」

申し訳ありません、と詫《わ》びる富岡に慌てて「お前が謝ることないだろ」と頭を上げさせようとする。

「まさか殺人事件にまで発展するとは思いませんでしたが……なんだか僕ら、やたらと事件に巻き込まれる二時間サスペンスの素人探偵みたいじゃありません？」

「……否定はしないけど、ちょっと不謹慎だよな」

「すみません」

失言でした、とまたも富岡が詫びたとき、二人して注文していた生ビールがお通しと共にテーブルに届いた。

「それじゃお疲れ」

「乾杯！」

ジョッキを合わせ、ほぼ同時に口をつける。

「しかし占いっていうのはどれもこれもインチキなんでしょうかね」

「うーん、どうなんだろう。アランの父親は年間一億も占いに払ってるんだろ？　偽物に一億も払うかな」

「大富豪の考えることは理解できませんからね。一億だってもしかしたら我々の百円くらいの感覚なのかもしれないんだし」

実は俺が富岡を飲みに誘ったのは、アラン絡みの話をしたいがためだった。期せずして話題を出せたことをラッキーだと思いながら、できるだけさりげなく聞こえるよう気をつけつつ話を振ることにする。

「アランっていえばさ、お前、最近、どう？」

最近、どう——なんてわざとらしいフリになったことを心から反省した。普段、仕事以外で『探りを入れる』などということとは無縁のため、やはり上手《うま》くいかない、とつい天を仰いでしまっていた俺の前で、富岡が苦笑し口を開いた。

「田宮さんが聞きたいのはアレでしょ？　前に僕が『男に抱かれる気持ち』を聞いたことが気になってるんでしょ？」

「……まあ、そうだけど……」

「それ、注文したあとにしましょう」

ちょうど店員が寄ってきたこともあり、富岡はウインクをしつつそう言うとメニューを開き眺め始めた。このまま、話を逸《そ》らされてしまうかもという俺の不安は、店員を呼びオーダーをすませた富岡が、

「で？　男に抱かれる気持ち、ですよね」

と話題を戻したことで解消された。

「なんでそんなこと、聞いたんだ？」

「やっぱり気になりますよね。自分でもなんであんなこと聞いたのかと思いますもん」

「そう……なんだ」

本人もそうなら、問われた自分にわかるわけがないか。そう思い相槌《あいづち》を打つと、富岡が考え考え話し出した。

「別にあんなこと、聞くつもりはなかったんですよ。ただ、なんというか……最近、よくわ

からなくなってきて」

「……よくわからないって、自分のことが？」

答えがそれこそ『よくわから』なくて問い返すと、富岡もまた迷いまくっている様子で言葉を続ける。

「目標、みたいなものがなくなったというか。う－ん、違うな。生きがい？　いや、それだとオーバーかな。ともかく、最近何に燃えればいいのかがよくわからなくなっていたので、人生、充実してそうな田宮さんに聞いてみたくなったんです。田宮さんは知っているけど、僕は知らない、そんな世界について」

「……充実していないとはいわないけど、それとこれとは違うというか……」

そもそも人生の目標とか生きがいとか、それと同性に抱かれたことがあるか否かということはまるで別物であると思う。

いや、しかし、良平《りょうへい》との行為はともかく彼がいなければ生きていけないほど、自分の人生にとっては大切な人ではある。となると『違う』とは言い切れないのか、と、ますますわからなくなり首を傾《かし》げた俺に富岡が、

「いや、田宮さんの言おうとしていることはわかります」

と何を言うより前にそう言い、頷《うなず》いてみせる。

「セックスをするかどうかじゃないんですよね。肉体的なものより精神的なものだというこ

とはわかってます。でもまあ、僕も精神的な愛情というのは実体験として得ているという自負はあるので、それなら体験したことがないことについて聞こうかなと」

「……うーん……」

以前の富岡がしてきた問いなら『セクハラか』と切り捨てていただろう。だが今、俺を真《ま》っ直《す》ぐに見つめてくる彼の目の中には真摯《しんし》としかいいようのない光があった。

「まあ、聞いたからといって体験したいという希望を持っているってわけじゃないんで」

答えあぐねていた俺に気を遣ったのか富岡がそう笑い、話をそこで切り上げようとした。

「でも『抱かれる』ことを一瞬でも自分の体験として考えたんだろ？」

そんな問いを発するにはかなりの勇気がいっただろうことを思うと、何か答えてやるべきではと考え、敢《あ》えて話題を終えず先に続けようとした。

「その場合の相手って誰なんだ？」

俺の問いは、実は答えに『アラン』という言葉を想定したものだった。が、富岡の口から出たのは、

「たとえば……高梨《たかなし》さん……とか？」

という思いもかけないもので、思わず、

「はいーっ⁈」

と大きな声を上げてしまった。

「冗談？」

「いや、冗談じゃないです」

てっきりふざけていると思っていた富岡が、真面目《まじめ》な顔で首を横に振る。

「えっ？　じゃあ、お前、良平のことを……」

好きになったのか、と俺は思わず身を乗り出し、問いかけてしまっていた。

「あ、違います。好きとか嫌いとかじゃなく、世間的に抱かれてもいいと思える男、というのが高梨さんくらいしか思いつかないってだけのことなんですけど」

気分を害したらすみません、と頭をかく富岡を前に、

「良平……と、お前か……」

と呟《つぶや》きつつ、つい、二人が抱き合っている様子を想像してしまった。

「……ちょっと……ヤかも」

「何、想像してるんですか」

コッチこそイヤですよ、と富岡が苦笑し、肩を竦《すく》める。

「でも、田宮さんも別に、ゲイじゃなかったんでしょ？　でも高梨さんならいいと思った。その決め手ってなんだったんです？　他の人だったら……たとえば僕だったら、付き合う気になりましたか？　アイデンティティーを捨ててまで」

「うーん、そこまでは正直、考えてなかった。恥ずかしい話だけど流されたっていうか

……」

俺としては、ここまで正直に明かすつもりはなかった。が、富岡が何かを得たいと藻掻《もが》いているのを放置することはできず、真面目に答えてしまったのだった。

「流された……んですか」

だがその答えは富岡にとっては想像もしていないものだったらしく、唖然《あぜん》とした顔になり呟いたあと「なるほどねえ」と感心した声を出した。

「そういうものなのかもしれませんね。人生は自分が想像もし得ない方向に進んでいくというのか、望んでもいない方向に行く、というのか。僕も考えるだけ、無駄ってことかな」

「……なんか……まったく参考にならなくてごめん」

俺の謝罪は嫌みでもなければ卑屈になったからでもなく、富岡に対し、少しも役に立てない自分に対し、本気で情けないと思った、その結果だった。

「謝る必要はないですよ。それに、別に高梨さんに迫ろうとか考えていませんよ」

富岡がそう言ったあと、

「でも」

と悪戯《いたずら》っぽい笑みを浮かべる。

「もし僕が迫ったら高梨さん、どんなリアクション取るんでしょうね?」

と顔を覗《のぞ》き込んできた。

「えっ」

ジョークということはわかりきっている。それでも思わず声を失ってしまったそのとき、想像もし得なかった事象が起こった。

「雅巳《まさみ》！　まさか君が高梨警視に心を奪われているとはっ」

なんといきなり店内にアランが飛び込んできたかと思うと、唐突な彼の登場に驚いていた俺と富岡、二人の座る席へと駆け寄り、悲壮感漂う顔でそう訴えかけてきたのである。

「ア、アラン？」

どうして、と眉を顰めた富岡はすぐ、はっとした顔になった。

「お前、まだ盗聴とか盗撮とかしてるんだな？」

きつい語調で問い詰める富岡のその問いには答えず、アランが泣きそうな勢いで富岡の肩を摑《つか》み、問いかける。

「どうして高梨警視なんだ？　彼と僕との間にどんな差がある？　少なくとも僕のほうが君を愛している。それなのに君が抱かれたいのは高梨警視なのか？」

「馬鹿らしい。アラン、出ていけよ。お前が出ていかないのなら俺と田宮さんが出ていく」

冷たく言い捨てた富岡を前にアランが「雅巳」と情けない声を出す。

「少なくともお前のことは頭を掠《かす》りもしなかった。『良平』はいいよ。彼とは長い付き合いだし、どれほどナイスガイかということはわかってる。彼になら抱かれてもいい。なんの迷いもなくね！」

「なんだって⁉」

「ええっ」

アランと共に俺までもが思わず驚きの声を上げる中、

「ああ、試してみようじゃないかっ」

すっかり興奮しているらしい富岡は堂々とそう言いきり、アランどころか俺をも絶句させてくれたのだった。

その後、良平から、

『なんや、アランさんがべったり僕に貼り付いて離れへんのやけど』

と携帯に連絡が入るにあたり、心当たりがありまくりだったがために、

「ほんま、ごめん！」

と動揺から思わず出てしまった嘘くさい関西弁で俺は詫びたあと、今すぐ富岡と一緒に回収に向かうからと、尚《なお》も謝り倒したのだった。

# あとがき

はじめまして&こんにちは。愁堂れなです。

この度は五十七冊目のルチル文庫となりました『罪な抱擁』をお手に取ってくださり、どうもありがとうございます。

罪シリーズも第十六弾となりました。今回、珍しいことに？　あまりごろちゃんが危険な目に遭っていません（笑）。十六冊目の罪シリーズもとても楽しみながら書きましたので、皆様にも少しでも楽しんでいただけるといいなとお祈りしています。

陸裕千景子先生、本作でも本当に素敵な雰囲気溢れるイラストをありがとうございました！　表紙のごろちゃんの色っぽさにクラクラきました。

お忙しい中、今回もたくさんの幸せを本当にありがとうございました。

また、本作でも大変お世話になりました担当様をはじめ、本書発行に携わってくださいましたすべての皆様に、この場をお借り致しまして心より御礼申し上げます。

何よりこの本をお手に取ってくださいました皆様に御礼申し上げます。

私は占いが結構好きで、当たると評判の占い師さんのところによく鑑定してもらいにいくのですが、今まであまり『当たった！』という実体験がありません。とはいえ『外れたな』

という実感もあまりないかな？

『はずれ』が一番わかりやすかったのは、『物凄く当たる。企業のトップも鑑定を依頼しに来る』と評判だった乃木坂の占い師さんに「二十八歳で結婚する」と言われたことで、これは二十九歳の誕生日に『外れたな』と実感しました（笑）。

でも今回こうしてネタにできたのでまあいいか、という感じです。

一度でいいから『当たった！』という体験をしてみたいので、『この人は当たる！』という占い師さんがいらしたら是非、教えてくださいね。

次のルチル文庫様でのお仕事は、六月に文庫を発行していただける予定です。攻×攻っぽいお話となりました。よろしかったらこちらもどうぞお手に取ってみてくださいね。

また皆様にお目にかかれますことを、切にお祈りしています。

平成二十七年四月吉日

愁堂れな

（公式サイト『シャインズ』http://www.r-shuhdoh.com/）

✦初出　罪な抱擁…………………書き下ろし
　　　　抱かれたい理由…………書き下ろし

愁堂れな先生、陸裕千景子先生へのお便り、本作品に関するご意見、ご感想などは
〒151-0051 東京都渋谷区千駄ヶ谷 4-9-7
幻冬舎コミックス　ルチル文庫「罪な抱擁」係まで。

幻冬舎ルチル文庫

罪な抱擁

2015年5月20日　　第1刷発行

| | |
|---|---|
| ✦著者 | 愁堂れな　しゅうどう れな |
| ✦発行人 | 伊藤嘉彦 |
| ✦発行元 | 株式会社 幻冬舎コミックス<br>〒151-0051 東京都渋谷区千駄ヶ谷 4-9-7<br>電話 03(5411)6431［編集］ |
| ✦発売元 | 株式会社 幻冬舎<br>〒151-0051 東京都渋谷区千駄ヶ谷 4-9-7<br>電話 03(5411)6222［営業］<br>振替 00120-8-767643 |
| ✦印刷・製本所 | 中央精版印刷株式会社 |

✦検印廃止



定価はカバーに表示してあります。


ISBN978-4-344-83407-1　C0193　Printed in Japan